LA ROUTE DE CAMPAGNE

Regina Ullmann
La Route de campagne

Traduit de l'allemand et
postfacé par Sibylle Muller

Circé

fondation suisse pour la culture
prohelvetia

La traduction de cet ouvrage a bénéficié d'une aide de Pro Helvetia

Sibylle Muller. Après des études d'allemand et de philosophie, a enseigné à l'université Marc-Bloch de Strasbourg la littérature et la philosophie allemandes, ainsi que l'analyse de textes. Le hasard l'ayant amenée à traduire un puis plusieurs livres, a appris la traduction littéraire en la pratiquant, puis l'a enseignée à son tour en ateliers, en séminaires, et en master professionnel. Aujourd'hui, elle consacre son temps principalement à la traduction – une vingtaine d'ouvrages publiés à ce jour, essentiellement de sciences humaines, d'histoire de l'art et d'esthétique, mais aussi de fiction et de poésie.

Illustration de Couverture : Ferdinand Hodler, *Soirée d'automne*, 1892
(Musée d'art et d'histoire, Neuchâtel)

Imprimé en U. E
ISBN : 978-2-84242-427-5
© Nagel & Kimche im Carl Hanser Verlag, München 2007
courriel : contact@editions-circe.fr
© les éditions Circé, 2017

LA ROUTE DE CAMPAGNE
Première partie

L'été, mais un été plus jeune que celui-ci ; celui-là, c'était un été qui comptait encore le même nombre d'années que moi. Et pourtant je n'étais pas encore heureuse, pas heureuse du fond de mon être, mais il fallait que je le sois, à la manière qui est celle de tout le monde. Le soleil m'embrasait. Il se délectait de la butte verte où j'étais assise, une butte qui avait presque une forme sacrée, et sur laquelle je m'étais réfugiée à cause de la poussière de la route. Car j'étais fatiguée. J'étais fatiguée parce que j'étais seule. Cette longue route de campagne derrière et devant moi... Ni les courbes qu'elle traçait autour de cette butte, ni les peupliers, ni le ciel lui-même ne pouvaient lui enlever ce qu'elle avait de désolant. J'étais angoissée, parce qu'après un bref trajet à pied, elle m'avait déjà prise dans sa misère et sa décrépitude. C'était une route de campagne étrange. Une route qui savait tout. Vous ne pouviez la parcourir que si, dans un sens ou un autre, on vous avait laissé seul.

En manière de protestation, je tirai de mon petit bagage mes provisions de bouche. La chaleur les avait rendues inconsommables. Je dus les jeter. Même les oiseaux n'en auraient plus voulu. Et le sentiment de ne-pas-pouvoir-avoir me donna encore plus faim et soif. Et pas de source alentour. Seule la butte elle-même semblait recéler le mystère d'une source, tout au fond d'elle-même, hors d'atteinte pour moi. Et même si j'avais eu l'espoir d'une source proche, je n'en aurais pas pour autant cherché à l'atteindre. J'étais fatiguée, et bien que sans larmes, près de pleurer.

Où étaient les images qui m'avaient conduite à travers mon enfance avec un tel bonheur ? Elles ressemblaient à la butte. Mais en même temps non, parce que maintenant j'étais sur elle. Je n'avais plus ma place dans l'image. J'en fis apparaître une autre par magie, car la vérité, que je ne m'épargnais pas, avait fait de moi une mendiante obstinée de la vie. Je voulais avoir un idéal, un idéal qui corresponde à mon existence (puisque ceux que j'avais avant m'avaient déjà été pris). Et je me rappelai un tableau du jeune Raphaël, représentant le songe d'un jeune homme. La pureté de ce tableau m'avait toujours revigorée. Aujourd'hui aussi. Mais ce n'était plus la mienne. Ce tableau de mon enfance croissait en quelque sorte sur la butte et me repoussait en bas, vers la route poussiéreuse. Mais je n'étais pas encore complètement exténuée.

Alors dans mon esprit, ici au sommet de la colline, le lit immense de sainte Anne s'éleva comme une voûte.

Un ange tenait haut les plis gonflés du ciel-de-lit jusque dans les nuages. En bas il y avait des femmes, beaucoup, toutes occupées avec amour. Elles baignaient un enfant nouveau-né, Marie. Ici elles apportaient des cruches, là elles tenaient des linges prêts. Tout était amour dans ce tableau, et joie, la joie terrestre la plus pure qui soit. Je détournai le regard. Je baissai machinalement les yeux vers la route. Il n'y avait rien de tout cela autour de moi. J'étais seule sur la butte, comme chassée hors de moi-même. Personne ne peut savoir ce que c'est : avoir le buisson et l'arbre pour foyer, pour lit, pour coffre et pour table ; trouver partout, à toutes les étapes de sa vie, un petit bouquet préparé pour soi. Il vous est destiné. Était-ce Dieu, était-ce le père, le frère cadet, qui dès le commencement le tenait dans sa main ?

Mes souliers étaient poussiéreux, ils mordaient ma chair dans cette chaleur. Ma robe était de celles qui n'avaient besoin de plaire à personne au monde. Même si une fois, au début, elle en avait eu l'intention, elle l'avait oubliée bien trop vite. Il faut que l'on vous rappelle cela. Que ce soient les poissons dans l'eau ou un chant d'oiseau ou l'amour, comme seule la nature le connaît – il faut que quelque chose nous l'ait rappelé. Mais moi j'étais déjà tombée hors de moi-même.

En-bas je voyais des marchandes lasses. Elles me dépassèrent bientôt, tournant comme autour d'une demi-lune. Alors arriva un troupeau, tout enveloppé dans sa poussière comme dans un nuage. Quelques enfants, leurs paniers vides dans leurs mains bleues, les suivaient. Ils se sentaient coupables. D'en haut on le voyait, qu'ils avaient apaisé leur faim avec le maigre butin de leur récolte de myrtilles. Car c'était de l'argent qu'ils avaient englouti. Ce n'était pas le bonheur des enfants montagnards qui vont cueillir des baies, et qui, une fois rentrés à la maison, mangeant la bouillie dans la poêle, puisaient encore de la joie à grandes cuillerées…

Je m'arrêtai à ce souvenir, sans regarder ailleurs. Vint un joueur d'orgue de Barbarie, vieux, route de campagne… L'orgue muet pendait sur son dos. Un petit chien le suivait en courant, et il était si absorbé par ses pas qu'on aurait dit qu'il marchait sous lui, un peu comme sous une roulotte, à la manière de ces chiens qui n'ont qu'une seule chose à garder.

Vint un pêcheur, car il y avait un étang artificiel non loin de là.

Finalement arriva un abominable cycliste. C'était un homme tout à fait ordinaire. Je ne voyais distinctement que le petit mouchoir rouge qui sortait de la poche de sa veste. Oh, comme j'étais malheureuse à cause de ce cycliste inconnu. Même si l'amour de l'humanité me l'avait rendu aimable et digne d'être considéré de près, même alors je n'aurais pu sourire à nouveau. Et n'était-il pas risible, ce cycliste ? Avais-je donc perdu peu à peu, au cours de ma vie, toute gaîté, toute confiance ?

J'avais cueilli en tâtonnant un brin d'aspérule. Nous étions donc en mai. N'était-ce donc pas juillet ou août, le jour le plus chaud de l'année ? À cause de cette route j'avais perdu le sens du temps. Je tenais la fleur comme un oracle. Puis je la posai sur mes genoux. Je soufflai un peu. Cela aurait aussi pu être un soupir.

Le paysage alentour n'était pas beau. Non, c'était le

paysage mélancolique d'une route pleine de souci. Pas un instant elle n'oubliait qu'elle était tenue de faire de la poussière, jusqu'aux chevilles, finement moulue par les meules du soleil et de la pleine lune qui se levait.

Une nuit qui s'assombrissait, non rafraîchie, un jour comme celui-ci, pareil au polissage de la plus belle malachite, l'avaient moulue pour nous, cette poussière qui était absolument partout. C'était comme si grand-père nous l'avait laissée comme au serpent du paradis, cette poussière. C'était la neige de la vieillesse, précoce, sur les arbres.

« Oh Dieu ! » Cet appel au secours revenait toujours sur mes lèvres sans que je le comprenne. Il y avait longtemps que je ne l'avais pas vécu, ce mot. En vérité, je ne m'en souvenais plus.

Et Dieu, il faut l'avoir vécu dans son propre corps.

Je savais certes que le nom de Dieu était enfoui dans chaque animal. Chaque brin d'herbe portait une inscription aiguë. Les fleurs surtout l'avaient dans leur arrondi. Et qu'était-ce que le parfum, sinon, encore une fois, un être vivant sorti de la main de la Création. Je prétendais ne pas avoir de Dieu. Mais voilà que je tenais à nouveau l'aspérule dans mes mains. La bonté qu'exhalait cette fleur m'émut. Je me tus et regardai.

En bas sur la route, un attelage attendait devant une baraque. J'avais à peine remarqué cette baraque. Je n'avais pas vu l'attelage, perdue dans mes réflexions. Il était sous un marronnier et attendait. Le cheval mangeait des feuilles et tirait sur la charrette derrière lui. Une voix lui ordonna d'arrêter. C'était tout. Au-dessus du bâtiment était suspendue une enseigne. Dessus il y avait : « Auberge du Soleil ». Mais je ne pouvais pas le lire. L'enseigne vous montrait le dessin. Je me levai. Il m'était en effet venu à l'idée que cette voiture pouvait bien m'emmener pour un bout de route. C'était aussi un avantage, d'être ailleurs. Je descendis. Je me sentais lourde, comme si je portais des fardeaux, inconnus, venus du monde entier. Et pourtant, c'était seulement ma propre existence qui m'avait harassée ainsi. Je compris tout à coup ce mot rebattu. Il s'appliquait aussi à la route.

Je ramassai mes quelques affaires sur le sol. Je parcourus encore une fois le monde du regard. Il était beau, pourtant ?

Quelque part un enfant criait lamentablement, comme les tout-petits, qui n'ont pour ainsi dire pas encore d'yeux. Il ne lui manquait plus que ça, à la route.

Je me tenais tout en bas, au bord de la route, et j'attendais. Le petit cheval arriva en trottant comme un cheval de cirque, comme si le monde était un manège et n'en finissait pas de tourner en rond.

L'homme assis à l'avant – ce n'était pas un vrai siège de cocher – donnait des coups de fouet avec mesure. C'était un homme jeune. À part lui, quelques femmes maigres étaient assises sur la planche. À l'arrière on avait chargé toutes sortes de bagages. Je regardai cela. Je regardai le jeune homme et les femmes. Je n'eus pas besoin de beaucoup parler. Ils voyaient que je n'en pouvais plus. La compassion n'est pas une chose aussi rare que beaucoup de gens le croient. Seulement elle ne fait plus aucune impression, jusqu'au moment où elle vous touche. On croit, dans son esprit endurci, que ceux qui vous l'offrent sont au même niveau que vous. Voilà comment nous sommes maintenant, dans notre détresse sourde… Les femmes me tendirent la main pour monter. Elles me laissèrent choisir une place assise.

Je m'approchai du coffre le plus massif sur la charrette. « Oui », dirent-elles, « vous pouvez aussi vous installer là, si vous n'avez pas peur, il y a un serpent qui dort là-dedans . »

Elles m'ouvrirent même le couvercle avec obligeance. Il était là, sous des étoffes, insensible à lui-même. Vert, jaune, un peu rouge (d'une façon diabolique, me sembla-t-il), les lignes serpentines se répétaient, ligne après ligne, sur cet animal. Et lui-même était recroquevillé, en boucles et méandres, symbole de ses routes sans route. Poussière, poussière du désert, sans patrie, et pourtant il me semblait qu'elle était plus royale que celle à laquelle j'étais exposée ici. Car que je craigne le serpent ou pas, qu'est-ce que cela pouvait bien faire, il était là, figé de par sa propre nature dont les hommes avaient déjà su faire une sorte de cachot invisible. Je frémis. Mais pas à cause de lui. Je fixai longtemps l'animal, jusqu'à ce que les couleurs deviennent ternes et l'image floue.

Les couvertures furent reposées sur le coffre. Le couvercle fermé avec soin. J'y pris place.

La charrette brinqueballait. Elle soulevait derrière moi des tourbillons de poussière. J'étais entièrement dedans. Je me couchai sur le coffre, complètement abandonnée aux cahots et à la poussière et au serpent.

J'étais déjà près de m'endormir, ne reposant que sur

mon propre bras. Courbé dans une course vertigineuse un cycliste nous dépassa à nouveau. Tout était immobile : la route, les peupliers, nous et la colline. Lui seul avançait. Il se déplaçait déjà à une distance infinie, toujours courbé sous le ciel. Où diable pouvait-il bien aller ? – –

LA ROUTE DE CAMPAGNE
Deuxième partie

Quand je songe à l'expulsion du paradis, il me semble que cela ne date pas de si longtemps. C'est une bonne histoire, consolante. Elle a été racontée de façon plus consolante qu'elle ne l'est en réalité. Beaucoup de choses ont été passées sous silence. En effet, ce n'est plus aujourd'hui l'histoire de deux personnes, ni de beaucoup, ni même celle d'un peuple, ou encore des tribus que ce peuple fonda…

Telle qu'elle commence maintenant, chaque jour, avec chaque nouvelle vie humaine, c'est l'histoire d'un seul. (Pas de l'élu. Comprenez-moi bien.) Ce peut être une femme qui tient un petit commerce, quelque part, ce peut être un petit chien, un arbre. Quelque chose doit poursuivre la lutte, jusqu'à l'état d'enfance, « être seul ». C'est une humilité qu'il faut apprendre, un abaissement qui s'arrête au bord du néant. Et le paradis ? Le paradis n'est pas sûr. On a commencé avec lui, c'est vrai, du moins on l'a apporté avec soi. Que chacun veille à ne pas l'user jusqu'au bout. Il faut mourir avec encore le bonheur d'avoir vécu. Il faut fermer les yeux sur cela. Voilà la palme que chacun peut encore voir ici-bas, voilà le Gloria adressé aux cieux dans un souffle.

La charrette s'arrêta. On descendit. Les gens devaient entrer dans la maison du maire. Il leur fallait négocier avec lui, afin qu'il les autorise à exercer leur métier ici, pour qu'ils puissent gagner leur argent.

Et peut-être qu'il ne le faisait pas volontiers, car il venait beaucoup de ces forains. Je pouvais continuer ma route. J'allai jusque dans une auberge. Où aurais-je pu aller, sinon ? Car toutes les maisons qui étaient là avaient leur petit destin à elles. Pour une personne de mon genre, il n'y avait au bord de la route que cette auberge.

Le jardin était poussiéreux, et sombre aussi. Bien que ce fût la journée la plus ensoleillée, ici c'était comme la nuit. Et c'était vide aussi. Je me cherchai une place. C'est-à-dire que je m'enfuis vers une de ces tables où personne n'était assis. C'est ma nature.

Mais il se trouva qu'ici il n'y avait plus rien à faire. Un temps long, impossible à remplir, semblait m'attendre. Alors je levai les yeux, plongeai mon regard plus loin dans le jardin. Une créature, dont j'ai complètement oublié la nature, se dirigeait avec un repas vers l'une des places à l'ombre. Quelqu'un y était assis. Je ne l'avais pas vu. Même à présent je ne le vis pas tout de suite. La personne se tenait devant lui. Une petite toux, quelque chose disait comme en s'excusant : il y a ici un client.

Moi, entre-temps, j'avais soif et vraiment besoin d'un repas. La poussière ne m'avait tout de même pas entièrement nourrie et abreuvée. Et maintenant nous pûmes nous voir, le client et moi : c'était la Mort. Oui, c'était la Mort ! mais comme un mourant, il avait encore sur lui un peu de chair et de peau. Cependant ses heures étaient comptées. Elles l'étaient peut-être depuis des années et des mois. Les phtisiques meurent longuement. Mais comme ça, comme il était assis dans l'ombre, revêtu d'un imperméable, ce n'était personne d'autre, comme je l'ai déjà dit, que la Mort en personne. J'étais près de pleurer. Je crois que j'ai poussé plusieurs sanglots. Puis je repoussai la nourriture. Il m'avait pour ainsi dire touchée en plein centre, dans ce qui était alors mon centre. Car c'est tantôt la tête d'une personne, ou même sa chevelure magnétique, sensible au feu ; une autre fois ce sont les mains ou la poitrine (chez les hommes qui travaillent) ou chez les femmes, au moment de leur vie où rien ne les oppresse encore, leurs bras qui étreignent tout. Mais rien de tout cela n'était le centre chez moi. Et ce n'avait été qu'une mise en garde de la mort, et sa vision. Je voulais juste me divertir comme les autres et prendre un repas comme on le fait d'habitude. Et la Mort était venue. Et elle ne repartait pas, comme on le raconte en général dans la légende. Elle restait. C'est-à-dire qu'elle revenait à chaque fois que ce repas avait lieu, ce seul repas dont j'aurais pu avoir envie. Mais c'est toujours comme ça. D'ailleurs tout ici se produisait avec une certitude mortelle. (Mais c'est aussi un mot que je connais d'autrefois). En effet, en même temps que la vie me faisait connaître par avance toutes les joies insouciantes, elle me donnait en échange le prix de la perte. Avec le temps, j'appris à évaluer cette perte de telle sorte qu'elle me semblait plus importante que toute la richesse de la vie, pour laquelle je croyais avoir un don naturel.

Mais pourtant, n'allez pas pousser des cris dans ma vie, comme des oiseaux dont on comprend soudain les paroles : avec la connaissance de la douleur, j'aurais déjà reçu par avance le salaire de cette existence. Mais je devais toujours le rembourser, avec chaque jour qui revenait. Ce dont la connaissance, le premier jour, me faisait encore me lever, me jetait à terre dès sa première répétition des jours suivants. En quelque sorte, je ne voyais ni n'entendais plus cela, c'était juste là. Cela, dis-je : c'est-à-dire moi et la mort et bien autre chose encore, qui avait aussi de l'existence alentour, ne serait-ce que celle de la disparition. Mais peut-être pas seulement celle-là, car nous vivons bien trop peu de temps pour pouvoir en juger.

Il y avait des cris dehors, un vacarme vide, comme toujours, dans ce village, la veille des jours de fête autour de midi. Le petit cheval de cirque passa en sautillant. Il portait un harnachement émouvant à pleurer.

Puis tout à coup retentirent des mugissements effroyables : des cochons. C'était sûrement l'heure de leur repas. En face, il y avait en effet des bâtiments de ferme bas, en bois, disposés en carré, sans doute était-ce là qu'on les tenait. Et au milieu de tout cela retentissait le son plaintif de ce jouet d'enfant qui leur ressemble : cette petite vessie de porc qui sans arrêt meurt et s'effondre sous ses quatre pattes sans force. C'était une vraie fête foraine. Sauf qu'il y avait quelque chose de menaçant derrière. Sauf qu'il y avait un peu trop de poussière dessus. Et en fait, pas de gens, pas de spectateurs, respectables acheteurs de plaisirs. C'était un peuple de mendiants qui mangeait de la poussière.

Je me levai, écœurée de la nourriture. J'avais soudain oublié le client. La plainte de cette petite vessie de porc était si lassante, et derrière elle, les grands cris réels. Et l'heure de midi, qui vous courbe en deux... Que devais-je faire à présent ? dormir, peut-être ? Quand il ne reste plus rien, on essaie tout. Bien sûr, c'était un jour aveuglant. Et c'est seulement quand je pénétrai dans ma petite chambre que je vis à quel point il était aveuglant. On aurait dit qu'il y était entré pour toujours. Et dehors peut-être, autour du crépuscule, toute chose qui pendant la journée proclamait absurdement son propre nom, entrait peu à peu dans l'oubli, et la lune aussi se levait à nouveau, passait par-dessus ses toits et les contours de ses collines, jouant avec les peupliers comme avec des jets d'eau, – pendant ce temps, tout ici restait pareil, intact, ici en haut, dans ma chambre. Il fallait que cela reste ainsi. Ici le lit, la table, le chandelier qui n'était pas nécessaire, les murs eux-mêmes, tous avaient emmagasiné tant de sobre réalité que rien ne pouvait la maîtriser. Elle, cette réalité, régnait en maître dans ce village. C'est aussi pour cette raison que je ne me rebiffai point. Et j'ouvris même la fenêtre.

Fatiguée comme je l'étais, je restai auprès d'elle, et j'attendis. Peut-être la nuit, malgré tout, peut-être la nuit du sommeil ? Je ne savais pas. J'étais là, debout, et je regardais en bas. Finalement je compris : c'était la cour avec les cochons qui m'intéressait tellement. Et en même temps je pensais encore à bien d'autres choses, comme toujours quand on se sent misérable. Je pensais en même temps au regard fielleux de l'aubergiste quand j'étais entrée chez lui, et je pensais à une conversation futile de la serveuse que j'avais entendue de loin, qu'elle menait à mi-voix avec la Mort. Oh, une telle conversation et un tel regard, on ne les oublie jamais, même si on les a perçus avec des oreilles et des yeux qui semblaient rêver. Oh, et j'avais tant de choses-à-ne-jamais-oublier. J'en étais riche, pour ainsi dire. Mais au fond, je ne me plaignais pas de ce don de mémoire.

Car je savais ce que c'était, pour un être humain, que de devoir vivre toujours et encore sous un tel regard fielleux, sans que personne ne puisse dire pourquoi. Oui, j'en avais déjà trouvé un dans ce village, un être de ce genre : un porcher.

Tandis que je regardais en bas, mes yeux étant de plus en plus affamés, ce vieux valet traversa la cour de nombreuses fois.

Il allait sans efforts, en ce qui concerne son ardeur au travail, presque mollement, comme on marcherait encore dans l'au-delà, j'imagine. Mais il allait courbé, « courbé presque jusqu'à la mort », comme dit une vieille expression populaire ; et les choses qu'il saisissait par terre semblaient être au même niveau que lui, et pourtant elles étaient bientôt au-dessus de lui, plus haut qu'il n'était lui-même, tant il était vieux et courbé.

Je le voyais cet après-midi-là, et cela s'est gravé en moi pour toujours : la manière dont il soignait les bêtes avec un tel amour qu'il lui faisait presque venir un sourire pendant le travail. Un sourire certes mêlé de soupirs et de râclements de gorge, comme seules font les personnes âgées. Un sourire qui rappelle un peu le très grand âge et les animaux eux-mêmes. Non pas par une sensibilité animale, mais seulement par sympathie, par amour. Oh, on pouvait très bien, si on voulait, appeler cela de l'imbécillité, une imbécillité totale. Et je suis sûre que souvent sa nourriture n'était pas meilleure que celle des cochons. Car le pain dur devait être comme de la pierre dans sa bouche édentée. Les bêtes, quand elles le voyaient arriver avec ce pain, sautaient toujours après en grognant, je l'ai vécu cette fois-là, et puis de nombreuses fois encore. Et à part les bêtes, le village entier savait qu'on lui donnait ce pain dur. Et comme ces bêtes, personne ne savait pourquoi.

L'aubergiste, qui était à la fois mon hôte et le maître du porcher, n'était que le fils de celui dont ce dernier avait été le valet. Ce vrai maître donc, auquel son valet avait survécu, et qu'il servait encore pour ainsi dire après sa mort, avait été un homme honnête et bon. Mais le fils, comme il arrive souvent, disons-le tout droit et sans autre explication : méchant et sans cœur comme personne. C'était un homme qui prenait plaisir à ce qui nous fait horreur. C'était lui qui chaque jour donnait lui-même ce pain à son valet. Chaque jour, il se risquait pour ainsi dire jusqu'à l'extrême bord de cette innocence. Il savait qu'il ne pouvait pas chuter, qu'elle le portait. Car même s'il y avait dans le valet une sagesse qui voyait et sentait tout cela, ce n'était pas à la façon des hommes.

Il était trop vieux, il avait quatre-vingt-quinze ans. Et auparavant, vous pouvez rire, peut-être était-il trop jeune pour cela. Si personne ne vous dit où s'arrête l'enfance, peut-être qu'on ne le sait pas.

Lui du moins, c'est ce que je lus en lui, se plaignait tout au plus de la dégradation du domaine, si brutale que seule sa porcherie n'était pas menacée et gardait sa valeur. C'est peut-être en ce sens le plus profond qu'il se plaignait du comportement violent de l'aubergiste. Car l'auberge était toujours vide. Il n'y venait que des forains et ce mort et une pauvre femme qui ne faisait aucunement honneur à sa maison. Et si eux aussi partaient (c'est ce que je pensais avec lui, car on pouvait pour ainsi dire tout lire à travers lui), – qui viendrait alors ?

Finalement la porcherie elle-même serait le refuge de son méchant maître. Et alors il serait expulsé, lui, à l'âge de quatre-vingt-quinze ans. Car on glisse vite dans la pauvreté, dans la misère d'un homme, il suffit qu'elle ait duré un certain temps en cachette.

Mais ce n'était justement pas cela qui l'inquiétait, voilà ce qu'on lisait en lui depuis en haut.

C'était bien cela le mystère.

C'est écrit dans le grand Livre, à tous les passages. Lui-même était un mot de ce livre. Un mot, placé à un endroit particulier. Il était écrit dans le Fils prodigue.

Je réfléchis longtemps à cela. Car tandis que le vacarme là en bas grandissait et devenait total, il se faisait en moi, à cause de cette vision pleine de simplicité, un silence bienheureux.

Et il me sembla alors que l'histoire était racontée de trois manières :

Celle de l'aubergiste au cœur dur, celle du valet plein de simplicité, et celle de ma propre vie. Chacun de nous trois était une histoire du Fils prodigue. La seule chose qu'on ne savait pas, c'était quand elles seraient enfin mûres et tomberaient comme des fruits sucrés, dans le paradis. C'est avec cette pensée que j'allai dormir avec recueillement. Ce n'était même pas encore le soir, certes. Mais chez moi il faisait nuit. Je n'entendais plus qu'un souffle et un bruissement, et je sentais qu'un vent tourbillonnant passait sur la route. Et puis quelqu'un posa une échelle contre mon mur et y enfonça un coin avec un lourd marteau. Mais j'étais déjà très loin de moi. Et puis quelqu'un, qui avait sans doute des clous entre les lèvres, lança un mot à celui qui fixait la corde pour le funambule qui devait y marcher…

LA ROUTE DE CAMPAGNE
Troisième partie

Je le reconnais, la détresse, la plus dure de toutes, celle contre laquelle on se brise en morceaux, je ne l'ai jamais connue que de nom. Et l'homme en elle est comme l'animal, dont nous disons en le voyant paître : « S'il savait son destin, il mugirait et prendrait la fuite en courant… » Mais il ne bouge pas de sa place. Il a un jour encore, et puis encore un, et enfin le tout dernier… Et moi jadis, plus tôt encore, j'avais un chien dans ma maison, qui était revenu d'une fugue, après trois jours seulement. Et donc, cela non plus n'est rien : la fuite… C'est que nous sommes cernés par le monde, par ce qui nous aide et ce qui nous menace. Seulement nous ne le reconnaissons pas tout de suite. Comme pour les bêtes des champs, et peut-être aussi pour les autres bêtes, il faut que vienne aussi le mouvement ; le mouvement qui parle, qui ne trompe pas, si nous n'avons pas déjà deviné autrement.

Ce n'est donc pas avec l'idée de vouloir échapper à quelque chose que je quittai ce lieu, mais je montai d'un pas lent, égal, un sentier entre les collines.

C'était une journée particulièrement lumineuse. Et même si dans cette période sans pluie l'herbe et les fleurs ne pouvaient plus recueillir de beauté, là-haut pourtant leur vraie mort de fleur leur était épargnée, on aurait dit que l'air chantait. Une petite hirondelle gazouillait, son chant entrait presque dans ma bouche. Un agneau arriva. Et je voyais à ses contours qui devenaient encore plus affectueux qu'il voulait être caressé. Certes cette douceur n'était pas telle que je l'avais supposée. Aux endroits où elle poussait déjà par bandes, sa toison était si drue et bombée qu'elle n'était bonne à toucher qu'en idée. Et ses places nues étaient fraîches.

Je fis aussi la rencontre, en dehors de cet agneau, d'un enfant, un vrai enfant : une rencontre plus rare qu'on ne croit. Et en haut, sur le dos de la colline, il y avait à nouveau un très vieux berger. Je reçus tout cela le cœur plein de gratitude. Mais ensuite cela repartit vers les vallées, depuis cette vue spectaculaire ; sachant bien que le vaste panorama ne me serait pas conservé. Car là-haut, depuis des temps anciens, il y a cette tentation : le faux espoir d'une vie qui se régénérerait d'elle-même.

On m'avait désigné exactement la maison où je pourrais habiter. Aussi je la trouvai immédiatement : j'aurais pu la montrer du doigt. Le toit montant très haut et touchant presque le sol recouvrait à la fois l'habitation et la grange. Et quand on croyait que les oiseaux se posaient sur ce toit, ils plongeaient dans l'herbe ou disparaissaient dans un arbre. Tellement cette maison était bâtie dans un creux.

Mais ce que j'ai dit, le reste du monde ne le ressentait pas. Il distinguait tout de façon tranchée, au fil du rasoir, comme on dit. Pour le monde, c'était sa propriété, qu'il comparait à celle d'à côté, plus pauvre, ou bien à une autre, de même valeur, qui se trouvait au loin. C'était des carrés et des rectangles qui se parlaient dans une langue sonore ; tout ce paysage était divisé dans le sens du pouvoir humain. Il y avait par exemple les chevaux ; je les voyais déjà de loin, toute une troupe de chevaux nus qui se cabraient. Ils avaient quelque chose de riche, quelque chose d'une force encore intacte, qui se communiquait aussi à leur propriétaire. J'aurais aimé habiter chez ce paysan. Mais ce n'était pas mon propriétaire ; le mien était tout à fait différent. Et pourtant il était juste à côté. Leurs propriétés semblaient presque indistinctes pour un œil non exercé. Et je n'étais rien que cela. Et je ne possédais rien d'autre que cela. En réalité j'étais encore une enfant, qui aurait aimé remettre dans le gobelet, en les faisant glisser du plat de la main, quelques dés depuis longtemps tombés, déjà joués. Mais c'était un être plus haut que je ne le croyais qui jouait avec moi : pour lui, cela comptait vraiment, de désigner le gagnant. Du moins il fallait que cela fût tranché. Et il parlait très clair, à part quelques moments amicaux : l'hirondelle, l'agneau, le berger.

C'était comme si quelqu'un m'attendait là en bas. Je me dépêchai un peu. Et en effet : en bas, devant la maison dans le creux, une femme attendait. Les cloches sonnaient alentour dans les fermes. C'était l'heure de midi. Les cloches d'église dans les bourgades plus éloignées le confirmaient. Dieu était là, quelque part. Comme sur les tableaux anciens des églises, avec un manteau et une couronne. Quelque chose en moi jubilait. Quelque chose en moi avait remporté une victoire. Mais la femme attendait encore vraiment. Elle attendait peut-être un enfant. Pourtant la manière dont elle me regardait, en même temps que celui qui ne venait toujours pas, avait quelque chose de surnaturel. Elle me connaissait sûrement tout aussi bien, moi l'étrangère, bien qu'elle ne me parût pas vivre en se manifestant dans son essence. C'est qu'elle n'était pas, par exemple, une aubergiste ou une boulangère. Non, ce qu'elle était, elle le restait aussi longtemps que j'étais encore auprès d'elle : c'était une ouvrière à la journée. Et ses premières paroles, et les dernières que j'entendais depuis des semaines, ne changeaient rien à l'état qui existe ; et même notre état de démunies, commun à nous deux, était différent par moments. Et en revanche ce qui nous réunissait quelque part au-delà du monde ne changeait rien, absolument rien, à cet ordre du monde apparemment inessentiel.

Ce fut mon entrée dans la maison. Ce fut clair, et tout ce temps que j'y vécus, mangeai, dormis, écrivis, lus, chantai, je ne l'oubliai pas. La chambre qui devint la mienne, et qu'elle m'avait tout de suite montrée après quelques questions, était une pièce tout à fait rustique, et donc bonne pour moi. Elle était également bon marché. D'ailleurs qui dans cette maison aurait voulu exiger de moi plus que son prix. Elle ne leur appartenait pas. La maison allait être vendue aux enchères. Un spéculateur ruiné en ville ne faisait que retarder la vente. Il y installa une ouvrière à la journée pour garder la propriété, et de plus un minuscule locataire et moi. C'est-à-dire que pour moi le destin qui m'était inconnu, étranger à moi, avait creusé là une petite niche amicale, pour un instant.

Qui y entra après moi ? personne, je le sais : la maison fut vendue aux enchères. Ce que j'entendais à présent, c'était : le plus grand silence, toute la journée. Il y avait bien une machine à coudre qui tournait sans arrêt. Elle disait en quelque sorte des phrases courtes et des phrases longues, tout un tablier d'un seul souffle. Parfois quelqu'un s'approchait d'une commode et l'ouvrait et la refermait. Mais cela, c'était seulement le silence du travail. Celui-là ne fait pas de bruit, il n'angoisse pas. Mais avec le temps j'aurais aimé connaître la femme qui servait ainsi les heures avec une telle régularité. Je sentis aussitôt qu'un être idéal imaginaire arrivait. Qu'il marchait pour ainsi dire sur ses traces. Mais en plus de cela, j'entendis une fois un pas dur, comme un coup de talon, ou bien une chanson qu'on entonnait. Je trouvais les deux également terribles, on n'aurait dit qu'une seule et même chose. Mais on ne chante tout de même pas avec les pieds ? On ne traverse tout de même pas la vie dans un chant, un chant qui n'est pas naturel ? Car la vie était naturelle. Ou bien non ? Ne faisait-elle pas du vrai avec le non-vrai ? N'avait-elle pas depuis toujours soutenu un combat, subi une rupture pour se retrouver ?

Mais le petit ourlet déchiré avait dû se retrousser. La machine à coudre se remit à ourler, ourler sans cesse. C'était une joie ! Et dehors un oiseau chantait, si près qu'il n'était plus permis de ne pas l'entendre. (Car lorsque l'on vit difficilement, on devient hostile envers la nature ; d'abord envers les oiseaux, enfin envers les fleurs, et tout à la fin envers soi-même…) Entre-temps l'oiseau s'était posé sur l'un des petits battants de la fenêtre. Je respirais à peine. C'est pourquoi il se mit aussi à me ressembler davantage. Il hochait sa petite queue ; relevait sa petite tête, comme s'il y avait une chanson dedans. Puis il nettoya enfin ses plumes avec beaucoup d'énergie, comme après un bain. Et pourtant il n'y avait au-dessous de lui que la vitre, qui redevenait lisse très vite… Un frémissement, il avait disparu. Et à nouveau j'étais là, avec mon poids. Comme j'étais seule maintenant, juste parce que j'étais revenue à moi-même ! Ne peut-on pas avoir l'idée d'envier une telle créature ? N'était-il pas plus facile d'être un oiseau ? Il n'en était pas question pour moi. J'étais moi, et même si j'aurais peut-être aimé être meilleure, plus belle – j'aurais voulu que cela parte de moi. Mon cœur m'était cher ; oui, il ne m'était pas seulement cher, il m'était sacré. Je l'aurais défendu jusque dans la mort de l'anéantissement. J'aurais toujours revendiqué cela.

Il en fut ainsi ce jour-là. Il en fut ainsi beaucoup d'autres jours. Toujours les choses que je vivais suivaient un nouveau chemin. Parfois j'étais indifférente ou même je m'ennuyais. Mais finalement c'était toujours un jour de la vie, l'écriture vivante de la vie elle-même, si l'on peut dire. Mon désespoir, ma mélancolie, c'était moi-même qui les y ensevelissait. Même ma propre mort, il me faudrait l'ensevelir. Je le savais. Cela me préservait de bien des choses. Car malgré tout il n'était pas très facile de vivre dans cette maison. D'abord l'ombre du marteau des enchères, comme je l'ai dit, planait sur elle. Elle était gagée dans notre sentiment. Comme c'était humiliant, comme on se sentait jeté dehors. Toujours, chaque jour on pouvait tenir prêt son baluchon... Et puis la maison n'avait pas de cloche. Toutes les autres sonnaient à midi et le soir, quand les cloches des églises environnantes se mettaient en branle. Cette maison restait muette. Elle n'existait déjà plus. Elle ne possédait pas non plus de bêtes, même pas une basse-cour. Et même si elle en avait eu... Cela ne lui appartenait déjà plus.

Seul le petit jardin avec ses parterres bordés de buis continuait à proclamer sans discontinuer une propriété, il proclamait l'économie et la continuité de la vie. C'est de lui que venait le parfum de résédas et de giroflées ! et l'épinard sérieux y suivait avec constance les sillons prescrits. Des petits oiseaux se tenaient auprès de jeunes salades. Ils semblaient se plaire extraordinairement dans ce jardin. Et à qui appartenait-il à présent, lui ? N'était-il que le petit bouquet au chapeau d'un mendiant ? Non, on n'avait pas le droit de le rabaisser ainsi. Il représentait tout de même du travail. Chaque jour une main l'arrosait, sarclait, binait les parterres devenus sauvages...

Parfois je regardais le visage de celle qui y travaillait. C'était un petit visage fané, mais pas encore vieillissant. Il avait des yeux noirs perçants. Les cheveux, eux aussi des plus sombres, y tombaient dans une coiffure incroyable. C'était la construction de la tour de Babel, transposée en plus moderne et en plus mesquin. Pour le reste, c'était quand même une paysanne. Un petit gilet de nuit s'enroulait avec un ample mouvement autour d'un jupon aux rayures grossières. Enfin, il y avait encore les souliers, qu'on remarquait quand elle s'éloignait. C'étaient des escarpins vernis, au cuir décoloré. Quand ils étaient placés comme ça côte à côte, on aurait dit qu'ils étaient sur une pente abrupte ou bien qu'ils cherchaient à atteindre quelque chose – tant ils étaient posés à l'extrémité de leurs bouts pointus. C'était des chaussures de bal, voilà ce que je me disais. Je pensais à la machine à coudre, à la chanson à côté. Alors c'était comme ça ? Oh mon Dieu, je n'avais peut-être pas encore entendu son trille le plus dépravé. Peut-être me l'avait-on chantée comme ça, pour ainsi dire une innocente chanson d'écolière, le numéro sans malice d'un spectacle de faubourg. Et ce personnage entre deux âges, là dehors, c'était tout autre chose.

Et je le sentais déjà : je ne pouvais pas m'épargner cela. Je n'avais pas le droit de retourner à mon existence d'ermite, que j'avais toujours tellement aimée – pas avant d'avoir déchiffré cette énigme-là. Il n'était pas permis de se contenter d'une personne imaginée et arrangée par moi-même ; même si elle était vivante, vraiment vivante, à côté de moi, telle que je la voyais. Je devais être dans sa vie, comme dans une pièce contiguë. Elle devait déborder dans ma vie. Et ces deux vies devaient lutter l'une contre l'autre et remporter la victoire et subir la défaite. Alors seulement ce n'était pas qu'un pur délire, alors seulement c'était la vie même.

Tel était donc mon semblable le plus proche. Et cette femme me toucha violemment. Elle me porta un coup en quelque sorte. Mais c'était en même temps un appel, et c'est pourquoi, pauvre et faible comme je l'étais, elle me fit frémir de tout mon être par l'avidité de son ambition.

Entre-temps le soir était tombé ce jour-là. La journalière avait débarrassé le repas que j'avais mangé. Une bande de ciel rouge effleurait le rebord de ma fenêtre. Comme une coulée de sang qui se partage en deux elle se divisait là et s'abîmait à droite et à gauche dans les angles. La nuit tomba. Donc, tout était prêt. Le théâtre de cette vie pouvait à présent commencer.

Je lui donnai mon salut. (Mon premier, car les précédents avaient plutôt été un regard qui s'éloignait). Et comme tout ce qui a été longtemps gardé en réserve, il me revint alors en réponse, à peine énoncé, surgissant et roulant pour ainsi dire à mes pieds.

Je fus effrayée de voir à quelle vitesse la conversation se développait, comme elle jaillissait visiblement sous ma fenêtre.

À présent, voilà que la femme était là en bas, avec son étonnement à propos de ma vie. De mon acceptation de cette vie. J'aurais dû la prendre en main. Elle avait raison sans le savoir. Car elle semblait bien plus sage qu'elle ne l'était en réalité. Au fond, tout ce qu'elle disait n'était en quelque sorte qu'une misérable spéculation sur une maison, qui était déjà promise aux enchères... Une spéculation qui ne lui apportait rien, rien à moi, rien à personne. Mais c'en était une néanmoins. (Nous aimons tous agir par-dessus la tête des autres.) Aussi je l'écoutais avec patience lorsqu'elle m'interrogeait.

Pourquoi j'étais là. C'était beaucoup demander. J'étais là parce que j'étais seule.

Oh mon Dieu... Si l'on demande à une pierre pourquoi elle est seule ; pourquoi, dans l'entourage le plus joyeux qui soit, elle a roulé au loin vers une place solitaire... Je ne lui répondis pas. D'ailleurs je ne parlai presque jamais ce soir-là. Mais elle, elle parlait pour moi. Même alors, c'était un plaisir de faire la conversation... C'est pourquoi elle réfléchissait longuement avant de répondre à ma place. Prophétiquement. Et en même temps, elle me disait d'avance, avec ses propres critères, comment j'allais me sentir :

Si je persistais dans ma solitude, jamais je ne me sentirais à l'aise dans la vie. Il fallait que j'y songe sérieusement. Car la vie devait être belle, être belle avec le monde. C'était le rideau devant la fenêtre, c'était le pied de géranium. C'était l'horloge et la lampe. C'était notre lit, notre table. C'était la porte par laquelle nous entrions et par laquelle nous sortions. Et s'il n'était pas là, le monde, alors tout n'était que décor de théâtre, décor chimérique, et devant cette porte il n'y avait rien, il y avait l'abîme. Il y avait là notre isolement, notre terrible exclusion, créée par nous-mêmes.

Voilà ce qui m'attendait. En réalité elle était déjà là, suscitée par ses paroles. Car si ce n'était peut-être pas ces paroles-là, c'était tout de même celles que j'entendais, et c'était aussi elle qui les prononçait, elle, la femme à la coiffure babylonienne et aux chaussures vernies usées à force de danser.

Je sursautai d'effroi. Mais je ne bougeai pas. Et ce fut alors son tour.

Entre-temps la nuit s'était installée. La clôture s'était rapprochée, comme si elle aussi était devenue bavarde. Les giroflées étaient devenues une impression des sens, les résédas un petit bouquet offert à l'odorat. L'épinard était en quelque sorte entré dans la terre d'un pas lent, réfléchi ; et la salade, superficielle et mondaine comme elle était, avait depuis longtemps disparu. Seules les bordures de buis avec leurs frères, les chemins et les parterres, étaient entrées en relation avec les étoiles. Une relation sentimentale, chantante, certes, qui se galvaudait presque. Mais c'était néanmoins une relation aux étoiles, et ce n'était pas négligeable. Je levai les yeux avec ferveur ; avec gratitude. Elles étaient là. Et le simple fait que nous puissions les voir était déjà un tel cadeau de Dieu, inouï, en échange de notre solitude…

« Toi, prends ce que tu veux », me dis-je. « Je veux sortir de moi et plonger mon regard dans ces étoiles. Et si la vie, solitaire comme elle l'était déjà après tout, devait néanmoins m'obliger à être à deux, alors je ne le serais quand même que dans ma solitude… »

J'avais bien de la chance. Mais la femme, qui à présent était déjà assise sur le rebord de ma fenêtre, et que je ne voyais plus, que je sentais seulement, et plus que je n'aurais voulu, me prit par le bras. « Vous », dit-elle doucement, comme si elle aussi avait entendu cette parole à propos des étoiles (naturellement elle savait tout au sens ordinaire), « vous devriez une fois être obligée de recommencer votre vie comme ça depuis le début, comme moi j'ai dû le faire dans la maison de mes parents. Alors ce ne-pas-vouloir vous passerait. »

« Mon père », – sans me questionner davantage elle remonta jusque là dans le temps – « mon père était un barbier qui travaillait beaucoup. D'ailleurs ce métier l'a tué, comme toutes les personnes vaillantes. Il faut que vous le sachiez : faubourg de Vienne. Là ce n'est pas rien que de gagner son pain. Et beaucoup d'enfants. Mais ma mère était de la campagne, elle ne se souciait pas beaucoup de nous. Il fallait juste que nous travaillions. Et chacun de nous est arrivé à quelque chose dans la vie (et même alors qu'on pensait déjà qu'il ne donnerait plus rien de bon). L'un est tailleur, un autre est vitrier, les autres sont maître d'hôtel, barbier, cordonnier, pâtissier-glacier. Je vous en prie, il faut que vous le sachiez : tout cela sans un sou. Ce n'est pas rien. Et il en était fier, mon père. J'étais sa plus jeune fille. Je devais apprendre la couture. C'est moi qu'il aimait le mieux. »

Tout en disant cela, elle me regardait avec fierté de haut, dans l'obscurité. Je n'avais pas eu tout cela. (Oh, elle le savait bien ! Mon enfance, sans l'exemple d'un métier, s'était repliée sur elle-même.)

« Voyez-vous », prêchait-elle (elle s'était enveloppée, toute grelottante de froid, dans le jardin de buis comme dans un manteau et elle avait accaparé les étoiles lointaines – de quoi ces gens ne sont-ils pas capables), « voyez-vous », prêchait-elle, « c'est toujours un avantage quand on sait faire ce genre de choses. » (elle voulait sans doute parler de ses talents.) En fait tout peut être utile. Je n'aurais pas cru que chanter et jouer de la cithare me serviraient encore à quelque chose. Ces chansons et ces danses, que je n'ai apprises que comme un passe-temps. » (et elle ne me fit pas grâce d'un échantillon). J'étais maintenant complètement dans l'obscurité. Mais elle devenait de plus en plus visible ; comment ? elle chercha sa voix, fit semblant de pincer les cordes d'une cithare et entonna une chanson. C'était une chanson lointaine de joueur d'orgue de Barbarie, comme les aveugles en jouent sans doute encore aujourd'hui le vendredi dans toutes les cours d'immeubles de Vienne. J'écoutai. J'oubliais que c'était elle. De nouveau ce n'était plus rien qu'une nuit étoilée et une splendeur inouïe là-haut. Fallait-il que ce soit beau, pour que les fleurs s'assombrissent et que les oiseaux se taisent ? Je chantais, doucement, mais sans mélodie.

Alors la voisine me reprit par le bras. Elle voulait apparemment me persuader, encore cette nuit-là. Je l'écoutai avec attention.

Elle parlait toujours de chez elle. Elle devait s'y sentir bien. À côté de la salle de bain il y avait encore un « petit salon », comme elle disait. Et c'est là qu'était installée la cithare. Surtout le samedi soir, la veille du dimanche, on aimait entendre sa musique. Alors la clochette à la porte de la boutique ne cessait de trembloter. Et bien des clients s'attardaient plus longtemps qu'il n'y étaient obligés. Alors elle ne resta pas chez la couturière. « Il y a quelque chose qui vous attire au loin », dit-elle. « Et surtout quand on est jeune. Comme si on comprenait cette histoire de métier ! Ce qu'on trouve le plus agréable, voilà ce qu'on souhaite. » Et elle continua à raconter, penchée vers l'intérieur de ma chambre : « Je suis devenue joueuse de cithare, et puis chanteuse de cabaret. Et j'ai appris bien des choses qui font partie du métier des escamoteurs et des acrobates. » J'écoutai avec attention. J'espérais sans doute apprendre quelque chose moi aussi.

L'air donnait à présent l'impression que le monde entier était une grande fleur de velours. Quelques lucioles se mirent à vivre. Qu'était-ce donc que la nuit pour elles ? Quand l'une d'entre elles s'envolait au loin, à la poursuite d'une autre… Mais cet être, là, à côté de moi, transformait même cette nuit. De l'unique fleur de velours elle faisait une quantité de petites fleurs permanentes pour orner son petit chapeau de vieille femme. Et les petites lucioles devaient l'éclairer, la raccompagner chez elle en toute hâte à cette heure tardive.

Où était la vérité de la vérité, où était la nuit, la nuit bénie ? Si elle s'offrait à chacun… À celui-ci et à celui-là… J'avais honte. C'est étrange pour un être pauvre, d'avoir honte de la nuit, du ciel. Mais cet être à côté de moi était toujours debout. Elle ne faisait rien de tel. Déjà elle essayait une nouvelle chanson. Elle n'avait plus cette voix jeune, excitée. Il n'y avait plus non plus d'air de cithare. Mais un peu de fête foraine. Un peu, sans le vouloir. Elle ne me l'aurait jamais avoué. Mais soudain je l'entendais dans tout ; moi aussi j'ai été perspicace.

« Il n'est tout de même pas possible qu'elle ait un enfant, jamais de la vie », pensai-je en moi-même, secrètement effrayée. Telle qu'elle était là, debout devant moi, visible et invisible, elle était ce qu'on pouvait imaginer de moins enfantin. Jamais elle n'aurait pu être même l'ombre d'un enfant. Et pourtant... Où y avait-il encore dans la nature humaine de l'ordre, de la confiance et de la vérité, si elle faussait les choses à ce point ? Et n'étais-je pas, moi, son antithèse exacerbée : l'exacerbation de la vérité ?

Il faisait nuit maintenant. La nuit. À personne elle ne se donnait plus en partage, à personne elle ne se reprenait volontairement. Mais c'était nous-mêmes qui jouions les justes ; peut-être à notre propre détriment. J'étais fatiguée, je ne savais pas moi-même à quel point. Et pourtant je ne pouvais pas partir d'ici. Lourde comme j'étais consciente de l'être, j'étais immobilisée, et j'étais obligée d'écouter le déroulement de cette existence étrangère. Une chouette criait déjà. Un petit oiseau se nicha dans des sons apeurés, comme si un rapace le tenait déjà par le col, et pourtant ce n'était peut-être qu'en rêve.

Rêve, chant, sons se mêlaient ; ils se poursuivaient comme les lucioles. Ce n'était pas une vraie stabilité. Chanter et voler et danser, c'était bien un métier pour les oiseaux, les insectes et les papillons, tout au plus pour les lucioles, mais pas pour les humains. Et surtout pour ceux qui étaient déjà lassés de la vie avant qu'elle ne commence... Oh, cette créature faubourienne ! Quelque chose cria en moi. Peut-être aussi était-ce ma fatigue.

Le brouillard allait sur les prés comme un troupeau de moutons lointains. Le vent les faisait avancer. Les heures se suivaient.

Mais cette nuit-là elle n'était pas du tout fatiguée, ma voisine. Elle continuait à parler. Elle me racontait ces années. C'est une tâche particulière, tout le monde n'en est pas capable... Comment elle faisait la manche avec une assiette, ce qu'elle dépensait après. Et comment chaque gain était divisé en parts. Et comment chaque part devenait alors si petite qu'elle ne comptait pas beaucoup plus que pour une demi-journée, chaque jour. « La journée », comme elle disait de façon si terrible, « n'était souvent qu'à demi-vêtue. » Et naturellement, le chant et la danse n'étaient plus depuis longtemps du chant et de la danse. Et à la maison, les autres avaient un métier honnête, elle seule traînait dans de petites villes et bourgades, presque dans la rue...

Alors il ne fallait pas s'étonner si elle taillait peu à peu ma grande fleur de velours en petits morceaux. Elle me parlait avec sincérité : elle décida de se marier. L'idée lui en était venue brusquement. C'était comme si je voyais moi-même la soirée dans le petit jardin, celle où elle prit cette décision. Elle le tirait pour ainsi dire vers moi, ce jardin. Un bossu était assis à la table sous les marronniers. C'est à lui qu'elle plut. Oui, elle lui plut. Il avait des yeux. Des yeux, pas pour aujourd'hui ni pour demain, beaucoup de gens avaient ces yeux-là. Lui, il avait des yeux pour la durée des choses. « Regarde », se disait-il, « la danse va bientôt finir. La chanson va bientôt finir. Mais la vie dure plus longtemps que la danse et la chanson. Peut-être qu'elle peut comprendre cela. Et si elle peut le comprendre, elle va me voir, moi aussi. »

Alors il se levait et repartait. Mais à chaque fois que

la représentation reprenait, il se retrouvait sous les arbres. Et une fois, il avait même une fleur à la boutonnière. – (Un vent se leva, qui semblait vouloir déjà arranger nos cheveux pour le lendemain matin.)

Mais entre-temps elle avait d'autres idées en tête. Sinon elle n'aurait pas vu tout ce qui se passait. Mais ses projets d'avenir étaient sans cesse ébranlés, d'une manière ou d'une autre, par des faits nouveaux. Car même si elle et sa petite troupe se trouvaient endehors de la société des personnes honorables des petites villes, elles venaient quand même, les petites villes, pour les voir. Et elle, surtout elle. Car elle avait un numéro spécial. Elle portait une robe de velours bleu et lançait des étoiles d'or. Voilà ce qui leur plaisait toujours, plus que tout le reste. Alors ils applaudissaient très fort. Une fois ils lui donnèrent même des fleurs. Cela ne lui était encore jamais arrivé. Un homme surtout, elle le décrivit. C'était un homme grand, aux cheveux roux. Il s'était vraiment attaché à elle. Il faisait vivre la troupe. Le vin, c'était toujours lui qui l'offrait. Et toujours il était assis à la meilleure place. Vraiment un homme. Un vrai, on le voyait bien. Elle l'associait à des idées, des idées qu'elle avait depuis longtemps déjà. En effet, ce n'était pas un de ces hommes légers qui voulaient se payer d'avance. Car lui aussi avait ses idées. Lui aussi voulait se marier. Et justement avec elle. Dans son esprit, elle avait déjà organisé une belle noce. Et le bossu était rejeté. C'est-à-dire qu'il était assis dans l'ombre. Les lampions se balançaient comme dans des tempêtes, avec leurs têtes de couleur agitées. Et au milieu de tout cela, les étoiles, que la fille vieillissante attrapait, attrapait au vol. Il y avait vraiment de quoi s'émerveiller.

Au matin de cette nuit de danse, elle voulut en venir aux choses sérieuses, me raconta-t-elle. Elle voulait en finir avec cette vie, avec ce métier à demi malhonnête. Elle ne voulait pas non plus épouser un bossu. Elle voulait épouser un homme en bonne santé, avec des membres solides et un métier bourgeois qui rapportait. C'est celui-là qu'elle voulait épouser. Il n'y avait plus aucune question à se poser. Le bossu était oublié. Qu'il joue du violon à son mariage ! car c'était un modeste professeur de musique qui cherchait chaque jour à gagner son pain, tandis que l'autre en avait déjà, en quelque sorte : il était boucher. Tout le monde en avait la preuve : il était boucher ; et de plus, il exerçait ce métier avec la plus grande compétence. Sa boutique était toujours pleine, jusqu'à l'escalier, de servantes volubiles. Et même si aucune fille de la bourgeoisie n'aurait voulu de lui (car un boucher, c'est aussi un équarrisseur, ce qui est à la limite des métiers honorables), ce serait quand même un homme pour elle, elle qui à la fin jouait avec les étoiles, et qui depuis longtemps n'était plus digne d'être appelée fille de la bourgeoisie.

Et elle voulait être en plein dans le monde. Elle ressentait cela de plus en plus. En plein dedans, pas là où elle avait prophétisé que je me retrouverais.

Mais moi j'étais debout et j'avais déjà froid. La nuit avait à présent tout déposé, ses brumes, ses ombres. C'était le jour de lune. Elle était devenue le soleil de la nuit. Ma main était d'argent, qui se retenait, incertaine, au montant de la fenêtre. Je sentais mes yeux devenir eux-mêmes clair de lune. Le sommeil venait.

Mais comme si elle voulait me tuer, elle, qui tournait le dos à cette splendeur, elle continuait à parler, à parler sans cesse.

Elle raconta la nuit qu'elle appelait la veille de noces. Elle raconta les danses. Il y avait même des violons. On entendait un très joli violon, un violon fabriqué par le musicien lui-même, un violon qui comprenait.

Maintenant les choses étaient inversées : ils étaient devenus le public, enfin, et les autres étaient restés des musiciens. Même si parmi eux il y en avait un qui était meilleur que les autres.

Ah, et la misère allait maintenant prendre fin. Elle ne supportait même plus sa vie modeste, sa vie qui lui suffisait à peine. La misère devait maintenant prendre fin. Alors, on pouvait bien danser.

Ce fut une vraie veille de noces, une nuit de veille de noces.

Elle me regarda dans les yeux d'un air interrogateur, la voisine. Je ne devinais pas ? Tout à coup elle ne voulait plus prendre la peine de parler. Je ne savais pas pourquoi. Je m'étais endormie comme un animal, debout. J'étais partie. Juste un instant, certes. La nuit, les moments de sommeil sont comme une distance lointaine d'étoile à étoile. Vacillante (car le sol avait été retiré sous mes pieds, sauf ce dernier misérable petit morceau), vacillante, je la voyais debout devant moi, la femme, avec sa coiffure, avec son gilet, avec ses chaussures, telle que je l'avais gravée fidèlement dans mon esprit. J'avais l'impression de tanguer d'avant en arrière, mais elle, elle était immobile.

Malgré cela, je m'étonnais qu'elle fût encore là. Des milliers et des milliers d'années s'étaient écoulées.

La nuit bienveillante porta à mon visage les résédas et les giroflées… Je respirai. Longuement.

Et entre-temps les gens dansaient toujours dans je ne sais quel jardin. Oui, je les voyais faire du tapage et tournoyer, sans qu'elle, la voisine, ait besoin de m'en raconter davantage. Car toujours ses yeux étaient plongés dans ce seul mot qu'elle n'avait pas envie de prononcer. Elle attendait littéralement que la danse et l'ivresse aient monté jusqu'à n'être plus naturelles. Jusqu'à ce qu'il jaillisse de lui-même de ses lèvres, ce mot, de ses lèvres qui à présent semblaient pourtant tout à fait sobres…

C'était une femme de sa propre compagnie qui l'avait finalement dit la première, ce mot. Et que c'était la vérité, elle le constata aussitôt en voyant la danse s'arrêter, en voyant la vie quitter soudain son propre danseur. « Bourreau » avait dit quelqu'un de sa compagnie.

Et alors, comme si personne n'avait encore compris, cet invité entra dans les détails :

« Oui, bourreau. Avant d'être boucher, tu as été bourreau. C'est pourquoi aucune jeune fille de la bourgeoisie ne veut de toi. C'est pourquoi tu es obligé d'épouser une fille de notre troupe. Oui, tu as été bourreau, bourreau, bourreau. »

Ce fut comme si le monde tournoyait. Oh, je riais et je vis une étoile tomber. En silence, peut-être allait-elle tomber dans ce jardin…

Mais elle n'avait pas l'air de s'attendre à cela, la voisine, je ne remarquais rien en elle, rien de tel.

Elle continuait seulement à parler à voix basse, comme si cela nous aurait empêchées d'entendre vraiment un violon, et elle poursuivit :

« Il remarqua aussitôt que la danse était finie, le respectable marié. C'est-à-dire que je continuai encore pendant un instant à danser toute seule, d'une autre façon : je tombai malade. Pendant trois jours et trois nuits je vis toujours la même scène en rêve. Je rêvai : je dansais avec un bourreau. Alors sa tête tombait. Mais il continuait à danser et dansait encore un moment avec moi, sans tête. Et alors le rêve recommençait du début. Et dès le début j'en devinais toujours la fin. Oh, Dieu sait ce que j'ai souffert pendant ces trois jours et ces trois nuits. » Oui, voilà ce qu'elle dit. Et bien qu'elle fût abominable, j'ai rarement entendu quelqu'un parler avec tant de beauté.

Puis j'allai dormir. C'est-à-dire que je restai allongée sur le lit, comme inondée de lune, pendant des heures. Je ne savais plus si j'avais rêvé ou bien si c'était vrai. C'est seulement lorsque la clarté du jour vint lentement me soigner comme une malade et me réveilla (car elle veut dire tantôt ceci et tantôt cela), que je compris que ce n'avait pas été un rêve.

Et quand cela fut clair pour moi, je décidai de partir. Car son savoir conscient, cette façon de vouloir être comme tout le monde, de fondre beaucoup de choses pour en faire une seule, me répugnait tout à coup. Et au fond de moi, j'entendais ceci, comme si je ne l'avais pas dit moi-même encore récemment, mais comme si quelqu'un d'autre me consolait en me parlant de moi-même : « J'étais moi, et même si j'aurais aimé être meilleure, plus belle, cela venait de moi. » (Et peu à peu la nuit de lune tarit en moi.) Les rayons du soleil, l'un après l'autre, brisèrent la robe d'acier de la rosée du matin. Je déposai l'argent, pour la journalière. Puis je quittai la maison sans qu'on puisse m'entendre, à la hâte, comme si le temps pressait...

Quand je fus arrivée tout en bas, là où le sentier débouche sur la route de campagne, je rencontrai un petit bossu. Il poussait une bicyclette d'une main exagérément longue, et de l'autre il tenait enveloppé un violon, ou une mandoline. À la manière dont il tournait la bicyclette, je voyais bien qu'il voulait se rendre à l'endroit d'où je venais à l'instant.

Le soleil se baignait dans l'ombre. L'ombre dans le soleil. Je faisais à peine la différence entre un vrai oiseau et le battement d'ailes de la lumière. Seul un trille fervent – venait-il directement du ciel ou de la prairie elle-même ? – s'éleva en même temps dans mon cœur. Seule ma mémoire croyait encore au déroulement des heures passées, à l'entrée dans une chambre et au cliquetis inlassable de la machine à coudre. Mais la seule chose encore visible était un trait brun, qui était le toit recouvrant une somme d'évènements vécus... Et finalement, sur la colline, encore une fois un berger se dressa vers le ciel, comme un astre. Car quelle est la volonté de Dieu, si ce n'est qu'on fasse la paix avec soi-même.

UNE VIEILLE ENSEIGNE D'AUBERGE

Il y a plusieurs années, dans une région reculée de Styrie, il y avait encore une vieille auberge. Elle était là, où l'on n'avait aucun espoir de la trouver. Elle était là avec son étage unique, tout à fait comme si elle était inhabitée et qu'un esprit l'avait gravée là pour qu'un autre esprit puisse montrer ce qu'est vraiment une maison. Mais au-dessus de la porte était accrochée une enseigne, sur laquelle était peint un cerf magnifique. Ses pattes de devant s'élançaient vers la forêt, tandis que celles de derrière étaient au repos, laissant voir un clocher d'église et une foule de maisons. Tout un monde, à l'autre bout duquel un chasseur était agenouillé, tout petit et insignifiant, la carabine à la main. Il visait et visait encore, comme si l'idée ne lui était venue qu'après coup, lorsque le cerf s'était sauvé depuis longtemps. (Cela arrive parfois aux hommes, pas seulement avec le gibier de la forêt.) Mais ce tableau ne voulait certainement représenter que la force et la splendeur de cet animal et marquer la maison, posée là au milieu des bois sur un pré, et qui devait être une auberge. Mais dans ce lieu non accessible aux voitures ne pouvaient se sentir à l'aise qu'un chasseur forestier, ou un charbonnier ou encore un berger retournant chez lui, et alors non pas pour avoir du vin ou de la bière, mais pour avaler un petit verre de schnaps versé d'une grande et claire bouteille. Alors on se taisait, car il n'y avait là personne sauf une vieille femme sourde, qui elle-même laissait toujours le verre et la bouteille au client. Car elle ne pouvait plus verser cette boisson goutte à goutte sans tressaillir ni trembler. Et même, elle devait être presque aveugle, car si vraiment il se trouvait qu'un étranger, ignorant cette particularité de l'auberge, lui fasse signe de lui verser à boire, c'est sur la table qu'elle versait ; même en faisant attention, simplement sur la table. Et pendant cette manœuvre elle ne parlait pas non plus, puisque c'était inutile du fait qu'elle était sourde. Elle était vide comme une maison inhabitée dans laquelle on appelle, encore et encore, et personne n'apparaît. Elle était sourde. Et elle était vieille, au point qu'un arrière-petit-fils, bien que devenu grand aujourd'hui, se souvenait de sa berceuse chevrotante auprès de son lit d'enfant. Elle était aussi vieille que si la mort avait commencé son compte à partir d'un nombre très élevé et continuait maintenant, jusque dans les cent ans et au-delà. Oui, cette femme était une légende. Faisait-elle quelque chose ? Certes, elle faisait quelque chose. Elle faisait ce qui est à faire dans une maison si peu animée. Elle allumait le feu dans le fourneau et préparait une bouillie de millet. Car il n'y avait pas beaucoup plus à manger chez elle, à part le lait qu'un petit berger apportait matin et soir. Certes, ses gens aussi buvaient parfois du schnaps, mais alors ce n'était pas son affaire. Elle servait pour ainsi dire la vie, avec ce que la vie lui servait. Mais il y avait longtemps qu'elle n'avait plus rien à faire avec les bêtes. C'étaient les hommes qui s'en occupaient, les petits-enfants et les valets, qui étaient dans la maison le matin de bonne heure et à midi et le soir. Parfois il leur arrivait aussi de yodler, mais plutôt pour eux et les champs et les pâturages vers lesquels ils repartaient toujours ; et la vieille femme ne se hâtait pas pour autant de poser le plat sur la table et d'arranger les chaises, quand les hommes étaient déjà dans les parages, car elle n'entendait rien. Pour elle il n'y avait qu'un seul temps, qui était en elle ; un temps ancestral. Celui-là commençait tôt et n'avait certes pas besoin de sommeil. Dieu sait combien de nuits de lune s'étaient déjà établies près de la petite fenêtre de sa chambre. Et sinon il ne se passait pas grand-chose d'extraordinaire. Ce qui était là était là. Et surtout le travail. Et si l'on n'avait pas vu ces gens en pleine clarté, on aurait pu croire que c'étaient tous de petits vieillards. Mais c'était seulement leur laconisme et leur étrangeté. Pour le reste, de temps en temps l'un d'entre eux allait se perdre sur une piste de danse ou ailleurs. Mais alors c'était par un jour de joie bruyante, où le pays tout entier tournoyait : pour carnaval et pour les moissons ; et personne ne leur demandait alors de venir, ceux-là que l'on avait complètement oubliés. Et quand ils repartaient, parce qu'ils ne s'y étaient pas plu, personne ne posait de questions. Car les danseuses appartiennent à tous (tant que l'un d'entre eux n'en avait pas choisi une en particulier pour ne plus la lâcher et la régaler de vin et de viande rôtie ; mais chacun attend pour cela le milieu de la nuit). La vie a toujours son charme propre, comme ça au comble du divertissement, jusqu'où la responsabilité et le devoir et la culpabilité ne semblent pas monter. Où l'on ne fait que danser et taper des pieds avec l'une ou l'autre.

Or quand un homme a renoncé à cela, on n'y pense pas si facilement que ça. C'est qu'il continue à danser quelque part ailleurs, se dit-on. Et même à supposer qu'il ait une prédilection pour une vieille Bible oubliée dans un coin, avec ses mystères représentés en lettres et en images dedans et dehors : eh bien, c'est juste qu'il s'est choisi cette Bible-là ; et même s'il dansait avec elle jusque dans les cieux. Car aussi lourde qu'est la vie, lourde de l'homme et de son poids qu'il doit porter ici et là, et de la terre boueuse et lourde qui colle à ses souliers grossiers ; même si la vie est lourde d'une manière invisible, d'une manière secrète, c'est quand même dans un vertige. En vérité, cette vie garde quelque part une musique de bal, seulement nous ne l'avons pas tout à fait reconnue.

C'est un rythme qui nous emporte avec bonheur, la plupart du temps dans l'amour. Dans l'amour pour une personne, ou bien pour l'argent ou pour un travail. Mais naturellement, ce peut aussi être la haine, ou la méchanceté. C'est la même chose. Ce peut être aussi de la bêtise et de l'insouciance, cela aussi est un vertige. Mais en tout cas c'est quelque chose qui nous a saisi, que nous avons saisi, visible et invisible.

Aussi n'y a-t-il rien d'étonnant à ce que l'un des hommes assis là, dans la salle qui s'assombrissait, se trouve tout à coup à l'écart dans son être. Il cherchait d'abord à comprendre.

« Cela n'a pas été possible », se disait-il. Car le mariage était une affaire pour toute la vie. On aimait tout simplement celle que l'on trouvait bien pourvue pour la vie toute entière. Celle qui, devenue toute vieille et sourde, soufflait encore la petite lampe quand tout le monde était déjà parti dormir dans le noir. On aimait avec le même sérieux que l'on mettait à peser ceci et cela dans la vie : est-ce que l'on devait acquérir un bout de terre en plus, est-ce que la maison avait vraiment besoin d'un toit neuf, ou bien est-ce que cela pouvait encore durer un an en le rafistolant. C'est avec le même sérieux que l'on pesait ce dont on avait besoin dans la maison. Mais avec une crainte encore plus grande, car les êtres humains, après tout, c'est quelque chose qui change. Et avant qu'on s'en rende compte, on est soi-même un être tout à fait différent. On ne se tient plus à la même place qu'avant.

Voilà ce que le jeune paysan ressentait le plus. Il ressentait cela parce que son amour était d'une nature toute différente de ce qu'il avait escompté.

Cet amour était là depuis longtemps. Seulement il ne l'avait pas reconnu. D'abord c'était le vieux berger des chevaux qui le lui avait apporté dans la maison. Dans la maison, là où il habitait : ce ne pouvait pas être mieux. Mais il apparut tout de suite que c'était un amour d'une nature particulière.

C'était en effet une enfant simple d'esprit que le vieux avait juste déchargée dans la maison. La hotte, qui aux yeux du petit garçon semblait une maison, était appuyée contre le mur. Et la petite créature, âgée de deux ans, était assise sur un tabouret, sa petite tête appuyée sur une chaise qu'on avait poussée devant elle, là, sans la moindre tristesse, sans la moindre souffrance, sans aucune joie ni aucune tendresse. Elle était assise là, si adorable dans sa beauté sans âme, que d'abord on n'en attendait rien d'autre.

Mais c'était justement cela le danger. C'est ainsi qu'elle se faisait une place dans le cœur humain, où elle n'en aurait jamais trouvé autrement. Et le petit garçon veillait déjà à ce qu'elle n'y manque jamais de subsistance. Car c'était d'abord une de ces petites créatures muettes, comme elles l'étaient toutes dans la maison, et en plus elle était vraiment belle. Et cela, c'était quelque chose de nouveau.

D'abord cela paraissait suffisant. Car le berger des chevaux, après l'avoir nourrie de bouillie, la remit dans la hotte. Elle s'y recroquevilla, sans impatience, tandis que le vieux bourrait à nouveau sa pipe, et ce n'était ni un petit humain ni un objet.

A cette époque le bouvreuil vivait encore, l'oiseau vif et joyeux (un animal dont on dit qu'il peut mourir de joie), et le garçon aurait bien aimé savoir si la petite fille l'avait entendu. Mais déjà le vieux se tenait près de la porte avec cette jolie chose de rien du tout, craquant et soufflant bruyamment, sa canne jetée par-dessus l'épaule avec bonne humeur. Et puis on se retrouvait seul, et la vie n'était pas telle que l'on puisse s'attarder sur une affaire de ce genre.

Des années avaient passé depuis ce temps. La même chose s'était reproduite encore plusieurs fois. Au début l'enfant grandissait très lentement. Quatre ans étaient comme deux ans. Mais bien plus tard, quand elle le rencontra, lui qui la contemplait à présent avec une mystérieuse curiosité (mais en fait il courait vers elle lorsqu'elle rentrait du pré aux chevaux avec le vieux), il lui sembla qu'elle était devenue une fleur merveilleuse du paradis : comme une gentiane de taille humaine. (C'est une chose curieuse que le corps humain : le sommeil de l'âme lui fait parfois beaucoup de bien. J'ai vu une fois un jeune homme, âgé de vingt-quatre ans, atteint d'épilepsie, qui était d'une pureté sainte, assez grande pour un Christ au tombeau. Mais à le voir dormir, on aurait dit un dieu de l'amour endormi. Et ses vingt-quatre ans en semblaient à peine dix-huit, tant ils étaient restés intacts, innocents.) Maintenant, devenue une jeune fille, elle faisait penser à cet étrange jeune homme. On aurait pu imaginer qu'elle était sa Psyché. Elle avait à peine dix-sept ans, peut-être même moins. Son corps, parce qu'il aimait tant dormir à l'ombre, était resté blanc comme neige. Et sa tête, avec sa masse de cheveux nouée au sommet de son crâne, immobile et presque hautaine.

Certes, on dut bientôt s'apercevoir qu'elle ne vous voyait pas, car en fait elle ne voyait pas non plus les bêtes qui passaient auprès d'elle avec leurs crinières flottantes. Et pourtant, si elle avait eu quelque chose comme une âme, elle aurait dû les voir. Mais les bêtes la connaissaient et l'aimaient. L'une ou l'autre partageait parfois avec elle cette inaction dépourvue de sens. Quand l'enfant buvait à une fontaine d'alpage, la bête aimait s'en approcher, elle aussi, pour étancher sa soif en même temps qu'elle. Et souvent la jeune fille était couchée entre deux chevaux qui se roulaient dans les fleurs par pure joie de vivre. D'autres fois l'un d'entre eux venait par derrière et posait son front contre son dos, comme s'il la poussait vers le sommet de la montagne, et une autre fois l'un plaça même sa bouche sur la tête de la jeune fille, d'un air pensif, alors que les cheveux dénoués, elle regardait devant elle d'un air perdu.

Il n'y avait donc rien d'étonnant, non seulement à ce qu'on la trouve magnifique, mais aussi à ce qu'on l'aime. Car même si quelque chose vous mettait en garde, comme si aimer un être dépourvu d'âme était un péché mortel, même si l'instinct, par ce qu'il murmurait, renforçait cette conscience : c'était toujours la même fillette qu'avant. C'était l'enfant d'un riche paysan, c'est pourquoi elle ne trouvait dans les yeux de ceux qui la regardaient rien d'autre que de la considération, et elle-même n'en tirait pas d'autre avantage, si ce n'est que rien ne la domestiquait ni ne lui imposait une conscience qu'elle n'avait pas : une conscience qui transforme les jeunes animaux domestiqués si cruellement et en fait autre chose que des animaux – quelque chose de vraiment bas. Au contraire. D'une façon plus secrète, elle était même davantage qu'un être humain. De par son beau mode de vie sans entrave, elle avait des mouvements d'une perfection que nous n'avons peut-être jamais vue naturellement avant cela. En ville, on aurait peut-être compté sa maladie parmi les maladies mentales. Mais ici à la campagne, elle était l'idiote, simplement l'idiote. Et dans son infinité immédiate, ce qu'elle faisait devenait toujours un paysage, un paysage toujours nouveau. Le jeune paysan en tout cas pensait à elle. Et il n'avait pas besoin de faire autre chose que cela, des journées entières. Cela lui suffisait tout à fait.

Cet automne-là, il ne serait pas allé à une fête votive avec la plus belle fille vivante de la région, simplement parce qu'il portait le deuil de cette jeune fille morte. Car même si elle était vivante, si elle respirait, il parlait en son for intérieur de son être-morte, son être-ensorcelée. Et pourtant, ce n'était pas non plus « ensorcelée » au sens habituel. C'était juste l'état d'une âme restée semblable à une plante. Elle buvait à la fontaine, mais elle ne mangeait pas toute seule. Comme les fleurs qui reçoivent leur nourriture du ciel, elle devait toujours être nourrie par une main humaine. Autrement, elle aurait utilisé l'assiette de la même manière que la fontaine. Alors elle était assise aux pieds du vieux palefrenier. Et le vieux, avec une sorte de déférence, plongeait la cuiller dans la poêle de cuivre encore posée sur le fourneau – car sur le pré aux chevaux les manières étaient particulièrement rustiques – et puis il l'introduisait dans sa bouche enfantine. Parfois il caressait les cheveux de la jeune fille ou bien tenait ses deux mains sans volonté jointes dans la sienne, dans sa main de vieillard couverte de poils et de cicatrices.

Alors il avait une conscience particulière du fait qu'il

devait absolument la protéger. Plus que les chevaux, qui assez souvent se battaient à mort sur le pré au clair de lune. Il lui était pour ainsi dire interdit de dormir. Il se contentait donc des deux plus jeunes enfants du paysan au lieu des valets qu'il aurait pu avoir, et il s'acquittait de toute sa lourde charge avec ces deux forces de travail minimes.

Il avait déjà traîné jusqu'à l'abreuvoir bien des chenaux faits de troncs d'arbres qu'il avait lui-même abattus, et parfois on ne voyait pas l'homme en entier quand il montait la pente sous une cargaison de foin, haletant, lui-même semblable à une montagne d'herbe. Bien que naturellement de petite taille, cette responsabilité qu'il avait lui-même choisie lui donnait une grandeur singulière. Le petit homme se serait tout simplement pendu s'il était arrivé quelque malheur à la jeune fille. Je ne dis pas qu'il ne lui aurait pas été permis de mourir. Tous les humains doivent mourir, se disait le berger des chevaux, et pourvu que cette créature soit seulement bien à l'abri dans les mains de Dieu. Mais une angoisse secrète lui venait parfois, celle de peut-être mourir avant la mort de l'enfant. Et c'est pour cela qu'il avançait de plus en plus loin dans son grand âge de vieillard, et peut-être était-il déjà aussi vieux que la vieille femme de l'auberge, en bas, dans la vallée solitaire, qui peut-être ne mourait pas, elle non plus, parce qu'elle ne connaissait personne qui aurait fait son travail.

Il cousait la robe de cette enfant. Il attachait les souliers de la jeune fille quand il faisait froid. Et même, quand il pleuvait des journées entières, il lui mettait sur la tête son capuchon à lui, et alors il jetait des regards tout autour de lui, particulièrement de bonne humeur.

Mais il ne croyait pas qu'elle lui était attachée. Car elle ne connaissait pas le danger du feu et de l'eau. Elle ne connaissait pas les ravins, avait-il déjà remarqué avec effroi, elle ne connaissait pas ses parents ni personne. Si elle restait avec lui, c'était, semble-t-il, parce qu'il la protégeait, que les chiens la protégeaient, et même que les chevaux la poussaient pour la ramener à la maison avec eux. Et tout cela, qui fut bientôt connu, ne faisait que contribuer à l'image qu'on se faisait d'elle. Les filles s'en prenaient à elle à tour de rôle, pour se moquer d'elle ou lui faire peur. Mais les garçons se taisaient en général, parce qu'on ne peut pas parler d'une chose pareille.

C'était aussi pour cette raison que le gars de la petite auberge solitaire ne parlait pas, lui non plus. Oui, cela lui serrait la gorge. Le fait d'y penser lui serrait déjà la gorge, comme s'il avait commis l'acte. Car cela devenait une mauvaise action, qu'on le veuille ou non. Malgré l'amour, qui était là aussi. Car personne au monde n'aurait cru à son amour. Et c'est le monde qui fait tenir l'édifice de la personne humaine, comme un mortier. Et comme tout cela doit être ainsi, apparemment, on devait forcément se sentir exclu dès que l'on ne pensait pas comme le reste du monde. On était en quelque sorte un animal privé de sens, comme la jeune fille, même si ce n'était pas un animal aussi beau, aux formes aussi nobles.

Et lui surtout, ce jeune paysan, prudemment attaché à l'usage, aurait préféré rester célibataire plutôt que d'épouser une créature méprisée ou misérable en quelque manière. Sur ce point il avait en lui, sans qu'il le sache, une petite et solide ambition qui n'avait pas de nom. Sauf qu'elle était rendue méconnaissable sous un habit de moeurs et de coutume. Il arborait des culottes de cuir indestructibles et une veste grise et raide portée sur une chemise ouverte. Ce garçon était donc dans toute sa personne un peu insolent, un peu enfant gâté, il ne savait pas par quoi. En même temps il était un peu craintif, et constamment sur ses gardes. Il était la risée de ceux qui logeaient sous le même toit. Et pourtant ils le craignaient aussi. Apparemment le carnaval ne lui avait pas plu, ou inversement. Sinon il y serait retourné... (parfois, entre eux, ils laissaient échapper un mot de ce genre.) Mais à lui ils ne disaient rien. Et ils n'avaient pas non plus besoin de lui dire quoi que ce soit, car on voyait bien sur tous les visages ce qu'ils pensaient de ces choses-là, et cela leur suffisait.

Du reste, chez un garçon comme lui, qui semblait tellement seul, on ne pouvait pas encore savoir...

À ce moment-là, malheureusement, il était seulement attiré vers l'amour comme une toupie. L'amour le fouettait, il dansait. Jamais il ne devait s'arrêter, voilà le sens de ce jeu.

La nuit il était réveillé par un cheval qui hennissait, bien qu'il n'en possédât pas. Et le matin, quand tout le monde partait battre le blé, il se sentait attiré vers le pré aux chevaux. Mais voilà ce que cela signifie : pour le battage il fallait tant et tant de bras, et tout devait s'emboîter d'un coup sec, comme les rouages d'une roue de moulin. Et jamais personne ne s'en était dispensé. C'était donc une folie de faire cela sans une bonne raison, comme par exemple une maladie. Et l'amour n'était pas une raison de ne pas travailler. Cela, c'était pour après le travail. Et encore, un amour convenable. Mais cet amour-là, disait-on, ne l'était pas, et c'est pourquoi on ne pouvait pas y aller....

Il était terriblement torturé, ce garçon, et beaucoup trop ingénu pour s'ouvrir à quelqu'un de ce secret involontaire. (Et du reste, il avait bien l'intention de dompter ses sentiments.) Quand il rentrait dans sa maison, il lui semblait qu'il entrait dans sa tombe. Quand il allait au fenil, il n'en allait pas autrement. Quand il allait à la moisson, c'était aussi sans joie. Chose étrange, à la maison c'était surtout sa grand-mère qui le faisait souffrir. Peut-être qu'elle lui rappelait la fille du pré aux chevaux. Elle non plus, il ne l'avait jamais entendue dire un mot. Elle aussi vivait sa vie sans le savoir. Elle non plus n'était pas comme les autres femmes. C'est pourquoi, depuis qu'il devenait de jour en jour plus conscient de cet amour, il ne restait à la maison que contraint et forcé. Et dès le dernier Ave Maria, il repoussait comme une quille la chaise de bois rustique, et s'en allait dehors, où il ne se sentait pas mieux.

Alors monta en lui un sentiment de bravade. « J'irai quand même au pré aux chevaux. » Mais quand il eut dit cela, il en fut simplement horrifié, et ne le dit plus jamais. Mais il dit le contraire, c'est-à-dire avec une variante, apparemment minime. « Pourquoi voulez-vous donc que j'aille au pré aux chevaux ? » (comme s'il n'avait pas connu son amour.) Et même s'il ne l'avait pas connue, elle le connaissait, elle. Elle le reconnaissait toujours. Elle le contemplait, pour ainsi dire. S'il levait la fourche à foin, la manière dont il la levait ; s'il faisait de grands pas, ou bien s'il se tenait immobile, où il se tenait en rêvant. Mais quand il dormait, alors elle s'était emparée de la puissance des rêves et rêvait pour lui. Il grimpait tout en haut d'un sapin et plus haut encore. Il ne voyait pas qu'il y avait une fin. Et alors il tombait jusqu'en bas, et puis il était là par terre, les membres fracassés dans son rêve, à la lisière de la forêt sous l'arbre et en même temps dans son lit, et c'était la nuit ou peut-être le matin. Mais cela aussi lui était égal. Au fond, tout était pour lui comme la souffrance de sa passion, de sa passion insaisissable, quand il se réveillait. Et sa petite chambre, qu'en fait il n'avait jamais regardée auparavant (c'était juste l'humble pièce dont on a besoin pour dormir ; elle était aussi comme un cercueil, la pièce la plus étroite, la plus basse possible, un abri contre l'hiver profond qui semblait ne jamais vouloir finir), cette chambre, il la regardait à présent presque avec hostilité. Il y voyait entrer la forme dont il continuait à vouloir affirmer qu'elle n'existait pas. Alors il la couchait en imagination à côté de lui, tremblant de terreur comme devant une bien-aimée morte.

Mais alors, comme s'il avait ainsi épuisé toute sa pensée, il suivait des yeux, soudain absent, une mouche qui bourdonnait beaucoup trop bruyamment à travers sa chambre, comme si son cœur ne venait pas justement de vivre la pire horreur. Et il n'était pas rare alors qu'il prenne de l'eau bénite. Mais une autre fois, dans la nuit qui venait, il rêva d'un épouvantail qui se déployait.

C'était encore la jeune fille. Et celle-ci prenait alors l'apparence d'une croix, dressée avec piété au bord du chemin.

Il décida de prendre la route pour quitter cet endroit. Seulement il ne savait pas où aller, ni pourquoi. Jamais il n'avait eu envie de partir. Comment expliquer aux siens pourquoi il partait. Et puis il y avait encore beaucoup de travail. Il fallait donc qu'ils prennent un valet pour le remplacer. Donc il portait tort à la fois à sa propriété et à eux. Non, prendre la route... C'est ainsi qu'ils comprirent finalement qu'il était amoureux. Ils comprirent aussi de qui... Donc, mieux valait rester. Parce que les gens au service de qui on entrerait poseraient peut-être des questions, eux aussi. Et un amour à son commencement est sourd-muet et idiot, comme elle l'était aussi dans la réalité. Un tel amour ne veut ni voir ni entendre. La première fois qu'on vous pose des questions sur votre amour, c'est comme si on vous jetait dans un fleuve. –

Alors il prit un autre décision. Il la prit comme pour se dépasser lui-même. Il décida de se marier. Et pourquoi pas ? Il n'était pas engagé avec elle. Il n'était pas engagé dans cet amour... Tout cela n'était qu'imagination.

Et comme si les filles n'avaient attendu que cela, il se mit à penser à celle-ci et à celle-là. Une mère n'aurait pas mis plus d'empressement à le conseiller...

Alors il se rappela la fille d'un tisserand, très pieuse, dans un village de l'autre côté de la montagne, derrière le pré aux chevaux. Il s'arrêta à cette idée. Il ne s'avoua pas pourquoi. Il ne l'avait vue qu'une fois, installée à son petit banc à ourdir, si pâle et modeste, à sa droite et à sa gauche un chat bien nourri et ronronnant. Cela lui avait plu. Voilà comment il aimait les femmes, quand elles ne se souciaient de rien d'autre que de leur travail. Il ne les aimait pas quand elles riaient et pensaient toujours autre chose que ce qu'elles disaient. Depuis que l'amour l'avait ainsi frappé, il l'avait remarqué, il avait tout d'un marginal. Il était grand temps qu'il se souvienne de cette fille de tisserand. Et comme tous ceux qui souffrent et à qui vient une idée supportable, il en fut tout réjoui. Il ne se lamentait plus. Il aurait presque parlé de son mariage aux autres. Mais même sans qu'il en parle, ceux qui vivaient avec lui le remarquèrent. Ils le voyaient à tout et à n'importe quoi. Et finalement il alla sans se cacher chercher sa veste verte et ses culottes longues et les hautes bottes dans lesquelles il pouvait les rentrer, car au fond il n'aimait pas ces longues culottes flottantes ; elles le faisaient un peu penser à des jupes de femme. Il alla même chercher une chaîne de montre.

Il se lava à la fontaine comme pour le Jugement Dernier. Puis il partit, sans canne et comme on va à l'église. Et il suivit le chemin régulier, comme il convient pour une affaire aussi importante. Il suivit la route qui traversait la forêt en son milieu. De temps à autre il croisait des inconnus venus des bourgades environnantes. Ou bien une paysanne resserrait sa jupe et le saluait. Ou un oiseau sautillait devant lui en piaillant. Ou bien il s'arrêtait, car le voyage à pied était une chose bien nouvelle pour lui. Il se sentait de très bonne humeur. C'est toujours comme ça quand on s'est décidé pour ce qui semble juste. Aussi sa route était comme parsemée d'or. Et toujours il y en avait encore plus sur les arbres. Et au milieu de tout cela, peut-être en plus grand nombre, mais semblant moins clairs, se dressaient les sapins et les troncs rougeâtres des pins. Il avait l'impression que l'air était posé sur sa main comme une bête à bon Dieu. Et un écureuil, et un autre encore, regardaient de leurs yeux semblables à des baies de genièvre cet être humain qui marchait ainsi au beau milieu de la grande route. Il était bon que le chemin ne soit pas trop long pour un solide marcheur, sinon il aurait fini par s'égarer. Car le pré aux chevaux était grand, et tout vous y ramenait toujours, même sans chemin. Du reste l'idée d'y aller ne lui était pas encore complètement sortie de la tête, seulement il ne se le disait pas aussi fort ; il gardait ses pensées sagement tournées vers les tisserands, qui lui étaient un peu apparentés. Et en outre il se disait qu'il allait aussi acheter des faux dans ce village, car là-bas, disait-on, elles étaient meilleur marché.

Alors une biche s'arrêta devant lui, très loin, mais exactement au milieu de la chaussée, en face de lui. Lui aussi dut s'immobiliser. Cela dura quelques minutes. Son corps élancé, d'une sainte nudité, l'émut aussi, lui, l'homme rude, et encore plus rude à présent. Peut-être avait-il les larmes aux yeux (car inconsciemment ses pensées allaient dans une autre direction). Alors une averse de feuilles tomba des arbres. Un oiseau s'enfuit à nouveau devant lui. Et le jeune garçon se retrouva, il ne sut guère comment, à la sortie de la forêt. L'automne s'y faisait encore beaucoup plus sentir pour lui, le laboureur ; l'état des champs lui était plus familier que la plus belle forêt. Il vit le clocher de l'église. Il vit chaque maison, même celle des tisserands. Il pouvait à présent s'orienter d'après elle. Il rencontra à nouveau des paysans endimanchés. Il entendit à nouveau sonner les cloches. D'après la sonnerie, l'office allait bientôt finir.

Il arriva juste à temps pour la bénédiction. L'eau bénite coula de son front comme une larme salée. Puis le jeu de l'orgue déferla comme une vague de fleurs, de roses et de dahlias, des fleurs de jardin jaillissant en abondance. Puis le cliquetis argenté d'un encensoir vint encore une fois frapper son oreille. Puis l'église se vida. D'abord venaient les hommes. Ils étaient toujours pressés de sortir de l'église. Puis venaient les petites filles et à la fin les femmes. Le jeune paysan regarda. La tisserande était elle aussi parmi les fidèles. Elle le reconnut tout de suite. Elle l'invita à passer les voir chez eux. Aussitôt il alla d'abord chez l'épicier pour y acheter un quart de pain de sucre et une petite livre de café. Puis il alla déjeuner à l'auberge, et après il alla chez les tisserands. Il se sentait très mal à cause de tous ces gens. Il lui semblait que de toute sa vie il n'en avait pas vu autant. Il fut content que ce jour-là l'immense métier fût au repos dans l'atelier, que les billots soient mis de côté et que seuls les chats ronronnent à droite et à gauche du banc à ourdir, comme si la jeune fille était assise entre eux. C'étaient des bêtes magnifiques, habituées à ne rien faire et à être belles. On les traitait avec tout ce qui était bon pour elles, comme chez d'autres gens les géraniums. Sinon la salle était vide. C'est-à-dire que le tisserand dormait près du poêle. Il était en bras de chemise. Son visage rasé était vraiment un visage de dimanche. Le garçon s'assit pour un moment. La salle claire et propre le frappa. Chez eux à la maison, ce n'était naturellement pas comme ça. Comment la vieille grand-mère aurait-elle pu faire plus que le quotidien. – Il était temps qu'une femme entre dans sa maison. Il se sentit tout chaud et excité. Alors la jeune fille entra, timidement, parce qu'elle savait déjà qui était dans la salle, et elle posa sur la table un panier de chaussettes de laine. Après quelques échanges de paroles, elle se mit au raccommodage. Et puis la mère arriva enfin et réveilla son mari. Et alors cela devint divertissant. Le tisserand parlait. Il racontait combien il avait déjà tissé de lin et de métis. Il affirmait qu'on pouvait calculer la distance que cela couvrirait jusque loin dans le monde. Ses métrages, c'était plutôt des kilométrages. Car il avait soixante-dix ans, et depuis ses treize ans il était installé devant ce même métier. On pouvait faire le calcul, vraiment vous pourriez marcher longtemps à pied sec, et même faire un grand voyage sous ce toit de toile. Plus besoin de parapluie. Tout le monde riait. On oubliait presque l'auberge. Mais après que l'on eût bu un petit verre de schnaps et un bol de café chaud, on y alla quand même. Seulement les hommes, bien sûr. La fille du tisserand ferma encore la porte derrière eux, un peu souriante, un peu rougissante. Elle avait bien compris la visite et la livre de café et le pain de sucre. Aucune fille n'était trop bête pour cela. De plus, elle voulait le comprendre ainsi, car le garçon lui plaisait. Il était calme comme elle, et c'était un jeune homme encore correct. Elle n'en pensait pas moins, quand elle reprit sa laine à tricoter, puis l'échangea contre une montagne de linge blanc à raccommoder, derrière laquelle elle disparaissait presque, silencieuse et travailleuse. Un dimanche comme celui-ci venait du cœur de Dieu.

Où étaient donc passés les hommes, elle ne le savait pas. Il faisait nuit lorsque le tisserand rentra, et aussi, bien que ce fût encore la même nuit, mais pour ainsi dire une deuxième nuit, quand ils allèrent se coucher.

Il n'y avait plus aucune couleur dehors. Seul régnait à présent un vent d'automne qui commençait à bruisser. Il enlevait lui-même sa parure à la cîme des arbres. Il pleuvait des feuilles. Mais la lune était toujours sur la route de campagne, visible de loin. Généreuse, elle déroulait sa grosse toile blanche sur le sol, devant le garçon. Le garçon ne pouvait se tromper de chemin. Un peu éméché comme il était, cette nuit de lune était juste ce qu'il lui fallait. Elle lui entrait dans les yeux, elle le guidait de façon hypnotique. Et pendant longtemps il marcha très bien ainsi. Mais parce qu'il n'y avait personne d'autre sur la route et qu'il ne rencontrait personne, il se fit peur à lui-même. Il lui vint cette terreur de lui-même dans la nuit. Il s'arrêta. (Non pas pour ne plus continuer à marcher, seulement pour réfléchir un peu.) Ne voulait-il pas quelque chose ? N'avait-il pas prévu de faire quelque chose sur le chemin du retour ? Il comprit aussitôt. Presque aussi rapide qu'un cerf, il franchit le fossé d'un bond. À présent on ne le voyait plus. À présent on ne l'entendait plus. Ses pas disparaissaient dans les feuillages des sentiers étroits qui l'enfermaient. Seules ses hautes bottes de cuir raide faisaient un bruit plaintif, comme naturel, des craquements qui rappelaient la saison des amours de la faune sauvage. Il aurait sans doute mieux valu qu'il ne portât pas ces bottes. Mais il n'y pensait pas. Il pensait seulement qu'il voulait maintenant rencontrer la belle simple d'esprit. Peut-être s'imaginait-il qu'il pourrait l'enlever. Puisqu'elle n'était qu'un animal. Mais alors il renonça complètement à toute pensée, parce que rien ne lui paraissait vrai sauf une chose : il la voulait. Il marchait à grands pas inexorables vers cela. Et alors qu'il en était éloigné d'une heure ou plus, il se sentait déjà dans sa proximité. Il se mit à aimer chaque feuille qui tombait sur lui. Un cerf brama. Il le comprenait bien. Il pensa à la biche qu'il avait rencontrée à l'aller. Tout était clair pour lui maintenant. Sauf que maintenant les choses secondaires lui semblaient essentielles et l'essentiel secondaire. Il voyait le prêtre. Il sentait la goutte d'eau bénite. Les fleurs du chant de l'orgue tombaient sur lui en pluie. Aussi apaisé que s'il avait prié pour les âmes en peine, c'est ainsi qu'il quittait en imagination le lieu saint. Au milieu de tout cela il entendait ses souliers qui craquaient bruyamment et un animal sauvage qui bramait. Ce devait être un cerf, il l'entendait à présent comme s'il était tout près. L'amour lui ôtait toute raison. La fille sans corps le tenait dans ses bras –. Et comme si quelque chose faisait obstacle, il n'avançait plus qu'à grand-peine. Il respirait bruyamment. C'est ainsi qu'il marchait. Ses bottes étaient silencieuses maintenant, naturellement, parce qu'il s'arrêtait, l'oreille aux aguets. Mais toujours sans voir. Il croyait déjà être tout près de la pâture aux chevaux. À présent il entendait hurler un chien. Sans doute hurlait-il à la lune. Les bêtes aussi souffraient. Il leva les yeux. Il ne restait plus guère de ciel au milieu de l'étroit sentier forestier. Mais une étoile traversait l'ombre. Pas le moindre souffle de vent. Et pourtant il sentit une odeur. C'était quelque chose d'inconnu, quelque chose qui était tourné vers lui. « Hé », pensa-t-il tout à coup, « si seulement j'avais emporté les faux. » Puis il se remit en marche, un mélange de vin et de bière et de schnaps et de toutes sortes de pensées, de pensées anodines et de pensées mauvaises. Les souliers se remirent à craquer. Les cerfs bramaient. Cela venait de toutes parts.

Enfin il y eut du clair de lune. Devant lui s'étendait une prairie, sur laquelle erraient les voiles du brouillard. Et au milieu de cette prairie, un zigzag insaisissable, presque enchanté, un petit ruisseau qui la traversait en murmurant. Il coulait si librement, prenait des chemins si mystérieux qu'on voyait sa couleur d'argent comme une robe qui se croirait précieuse, parlant et soupirant, riant et pleurant.

Ici commençait le pré aux chevaux. Étonné de ce qu'il lui avait fallu tant de temps pour faire ce chemin, il s'arrêta. N'était-ce pas elle qui venait, par hasard ? Chez une pauvre âme comme elle tout était possible. Il s'arrêta encore. Car il lui sembla que quelque chose attendait juste qu'il sorte de la forêt. Il vit : un cerf sortait de l'obscurité de la forêt en même temps que lui. Un seul à ce moment-là. Plus tard il y en eut peut-être quatre. Mais celui-là le poursuivait. Il n'en voyait pas la raison. D'ailleurs cela aurait été beaucoup trop tard. Il continua donc à avancer et se dit, comme on discute avec soi-même dans le danger, « ils ne peuvent tout de même pas me poursuivre ». Soudain il ne pensa plus à rien, même pas à la fille. Mais cherchant néanmoins de l'aide, il se dirigea vers ce lieu. Or un cerf en venait justement. Donc il marcha en direction du ruisseau. Il franchit le ruisseau. Il avait atteint ainsi le milieu de la clairière. Mais ce fut là son dernier déplacement.

Le cerf, comme s'il voulait se livrer à une méchante joute avec un être humain, bondit au-dessus de lui. « Maintenant c'en est fini de moi », pensa le garçon. L'animal l'avait jeté à terre. Mais l'homme est ainsi fait, il retrouva aussitôt sa bonne humeur et se releva. Il aurait dû rester couché par terre. Peut-être qu'alors la bête en colère se serait détournée de lui. Elle devait bien savoir qu'il n'était pas un animal sauvage, mais un être humain. Elle le connaissait, puisque c'était lui. C'était lui, le chasseur. Il aurait aussi bien pu avoir un fusil ou une faux. Pourquoi donc n'en avait-elle pas peur ? (du reste il n'avait même pas un bâton sur lui.) Et cette nuit-là, la bête ne craignait peut-être plus rien de tout cela. Elle voulait un combat.

Le cerf recommença à s'élancer au-dessus de lui. Mais de plus en plus près, de plus en plus bas. Le garçon enfonça son chapeau sur sa tête, couché dans l'herbe, pour ne plus rien voir. Car cette façon de l'attaquer en prenant un grand élan de loin était terrible. Les cerfs (car, comme je l'ai dit, ils étaient déjà plusieurs) se déchaînaient au-dessus de lui comme s'il n'était pas là. Ou pire encore, comme s'il n'était rien. Il sentait déjà leurs sabots légers mais durs frappant sa veste. Il pouvait presque les compter. Ils semblaient décharger sur lui la fureur de l'accouplement. À certains moments c'était déjà comme s'ils n'étaient plus là, mais c'est seulement qu'ils bondissaient par-dessus les bancs de brouillard du ruisseau, comme ils l'avaient fait d'abord avec lui. Ils ne cessaient de disparaître et de redevenir visibles. Mais alors il n'était en quelque sorte que le deuxième obstacle dans leur course, et le troisième, c'était le cœur de la forêt verte. Mais même de là, ils en revenaient. L'homme couché là dans l'herbe, comme mort, c'était toujours lui qui réveillait la violence de leurs sauts.

Combien de fois ils frappèrent son crâne, combien de fois ils éraflèrent ses bras et ses pieds, on ne peut que l'imaginer. Une fois qu'ils l'avaient inscrit dans leurs cœurs de cerfs, ils ne l'oubliaient plus. Sur ce point l'animal a conservé son essence primitive. Il reste figé. Il se jetait sur lui en poussant ses cris gutturaux. Il menait un combat terrible contre un homme sans défense. Il le portait sur ses ramures. Au-delà du ruisseau, au-delà du brouillard. Il ne semblait pas sentir le poids de ce fardeau. Et de même que la terreur avait rendu l'homme muet, il semblait qu'elle l'avait aussi privé de sensibilité. Et la colère joyeuse de l'animal emportait une chose en apparence immobile à mesure que sa force croissait. Ils se disputaient l'homme entre eux. Ils s'affrontaient les uns les autres en bondissant, portant la proie sur leurs larges bois.

La lune, les étoiles ne bougèrent pas. Dieu ne bougea pas. La forêt, la prairie étaient là, comme si elles n'existaient pas. Seuls les animaux, avec celui-là, cet être qui leur avait vainement fait croire, dans ses hautes bottes, qu'il était une biche, une biche pure et innocente, seuls les cerfs avançaient encore en ondoyant, portant leur proie sur leurs bois. Les brâmes gutturaux avaient cessé. Les animaux ne semblaient plus que joie, triomphe vide.

Mais c'est ainsi que passent maintes nuits sur un agonisant, un mort.

Le ciel s'ouvrit à nouveau avec un léger trait rouge. Des chiens relevèrent la première trace du mort. Ils attirèrent, frétillant de la queue, le vieux berger et les enfants. Les chevaux flairèrent le champ de bataille. Un papillon se posa sur la poitrine du cadavre.

Alors qu'ils préparaient déjà une civière pour l'emporter, la jeune fille les rejoignit. Sans frémir, sans peur, sans le moindre sentiment de devoir aider. Elle qui n'avait jamais empli ni porté la moindre cruche, elle marchait à côté du vieux, comme une escorte indifférente. Des branches de sapin et de feuillage dissimulaient la victime. Ceux qui le croisaient se découvraient devant lui, devant la majesté de la mort. Personne n'eut besoin d'indiquer son chemin au berger des chevaux. Il savait où était la place de son fardeau. Là en-bas, à mi-chemin de la maison, là où il avait toujours déposé la hotte de l'enfant, là où le chasseur était peint sur l'enseigne de l'auberge, et où le cerf fuyait devant ses balles.

LA SOURIS

La mort avait été préparée sous la forme d'un piège. Mais jusqu'à ce moment ultime, la souris avait encore à ronger une cloison qui menait dans ma chambre à coucher. Elle devait en rongeant se frayer un chemin long et étroit et ronger mon sommeil.

Parfois je frappais du poing contre mon lit et je me faisais peur à moi-même, tant cela déchaînait le tonnerre sur tout ce que l'on peut imaginer dans la nuit. Et je croyais sentir que la souris éprouvait elle aussi cette peur. Mais avant même que cette vague de terreur ne déferle et s'apaise, on entendait encore ce léger et lointain grignotement. Il était si léger que seul pouvait le percevoir un être seul, livré à lui-même dans sa maison, devant une prairie éclairée par la lune à la lisière d'une forêt. Celui-là se garde comme s'il était son propre chien de chasse, et si un danger venait le menacer, même pendant son sommeil, il l'aurait depuis longtemps entendu. Il est comme le brouillard quand il fait sombre, le brouillard qui vit pour ainsi dire dans sa propre lumière. Il est comme la pluie aux quatre coins de l'horizon, dans les airs et au loin, sur la terre comme au ciel. Comment le grignotement d'une souris pourrait-il lui échapper, cette activité toujours tournée sur elle-même. Il la ressent avec son sang. Je rallumai donc la lumière, ce sortilège qui fige sur place tous les quadrupèdes inconnus. Mais la bougie ne semblait pas être comme lors d'autres nuits, où elle plane, protectrice, avec ses ailes d'ange au-dessus du sombre abîme de la peur, devenant un esprit de l'ombre, pour servir encore de lumière… Déloyale, elle se retourna brusquement vers mon ennemi, et commença elle aussi à devenir une sorte de rongeur dans son chandelier. Elle dévorait mon sommeil, et la souris ne la craignait pas.

Mais en fait elle n'était pas encore là où j'étais, dans cette clarté nocturne. C'était encore à venir. Pour le moment je m'endormis et je rêvai à la lueur de la bougie. Je rêvai d'une ville, de ses passages souterrains. Alors je me réveillai. Cette fausse nuit me reprit le repos comme elle me l'avait donné. La souris rongeait, et plus bruyamment qu'avant. La lumière brûlait toujours. Je refis un bruit de tonnerre avec mon poing qui s'infligeait sa propre douleur. Là-dessus le silence se fit, mais pas plus longtemps que ne dura la terreur, notre terreur commune. Et comme il ne débouchait pas dans le néant, alors que ce grignotement infime recommençait de plus belle, je me tournai, cherchant déjà du secours, encore une fois dans les pas de l'infini, vers un bruit qui s'appartenait à lui-même : vers l'horloge. Elle faisait tic-tac, comme si c'était un jeu pour les étoiles, ces minutes. Je me sentais en union avec elle. Je l'écoutais comme les battements de mon propre sang. Mais alors, rivalisant avec elle, et plus douce et plus lointaine que n'importe quelle petite pendule, elle recommença : la souris. J'eus du mal à m'empêcher de rire. Mais on ne rit pas la nuit. Rire la nuit est dangereux. C'est un rire à la limite de la folie. O Dieu des insomniaques : tu n'arrêtes pas une plante dans sa croissance (tu la tuerais). Tu n'arrêtes pas une goutte de pluie quittant le nuage – pourquoi arrêter le sommeil ?

Quand cela s'impose à elle, la souris doit ronger, ronger sans cesse, nuit après nuit, même si la maison venait à s'effondrer sur ses chemins. Moi seule, pauvre être humain, je veux trouver le repos. J'ai besoin de repos plus que tout dans la vie. C'est l'aliment impérissable de l'âme. S'il vous est refusé, votre nuit deviendra le jour. Les eaux et les vents mugissants agitent sans fin les feuillages de l'insomniaque. Tous les chemins, même les chemins éclairés par la lune, les chemins illuminés, conduisent dans les abîmes des cieux. Il est comme un damné.

Et au jour le soleil a pouvoir sur lui, comme une lune. Il ferme les yeux devant lui et marche à tâtons comme un aveugle dans son monde ensorcelé. Et songez seulement au mal que le soleil lui a déjà fait.

Et puis, comme si ces nuits sans sommeil avaient déjà été préparées depuis des dizaines d'années, il se souvient des histoires que jadis des gens lui avaient racontées à propos de ces animaux, les souris. Les vagues vivantes de souris campagnardes faisaient onduler les champs. Elles sautaient sans cesse d'un trou dans la terre à un autre, où elles croquaient les racines des récoltes. Ce champ et tous les champs de ce coin de terre étaient détruits. Ils n'appartenaient plus aux paysans ou aux plantes, ils appartenaient aux souris. Et les histoires que l'on racontait devant le spectacle de ce ravage étaient si terrifiantes qu'on ne peut pas les répéter. Et les femmes restaient toutes à la maison, elles n'avaient pas le droit d'aller aux champs, et elles ne voulaient pas y aller. Et moi je pensais : si un jour je meurs, quelle horreur... est-ce que les souris vont me ronger aussi ? Et je voyais les souris sortir d'un crâne en sautillant.

Et puis, comme si une telle tête humaine n'était rien de plus qu'une citrouille creuse avec une lumière dedans, qui peut brûler jusqu'au bout, il arriva tout à coup une heure où je ne semblais plus utile ni à la nuit de lune ni aux souris, où je pouvais enfin dormir. Je dormis sans rêves. Je dormis d'un sommeil éphémère, un peu comme une herbe jaunie, morte et sèche, un sommeil sans contenu. Je m'éveillai presque avec étonnement. Il n'y avait dans ma mémoire qu'un bruit tremblotant. Cela palpitait pour ainsi dire en petit, à partir d'un seul point près de mon lit : mais je le ressentais comme une violence au sens le plus strict, un être voulait se libérer de sa prison ! Bientôt la créature fut suspendue par ses quatre pattes au grillage du piège refermé, comme si elle était plus libre dans l'air, bientôt les dents de rongeur s'arrêtèrent, impuissantes contre le métal. Elle était impossible à digérer, cette prison. Elle semblait claire comme aucune autre, et pourtant c'était la prison de toutes les prisons. Une souris pouvait ressentir cela, et l'être humain, qui dans cette souffrance, sans savoir comment ni quand, peut aussi devenir son compagnon de souffrance (même si ce n'est pas pour un petit bout de lard), l'être humain sait absolument ce que souffre cet animal. C'est pourquoi je fus immédiatement au milieu de l'évènement, moi aussi. Je le saisis de mes yeux qui quelques secondes auparavant dormaient encore. Le tremblement en moi était le même. Mais pourtant, songeant à mes nuits sans sommeil, mes nuits de tourment, je souris avec une joie mauvaise. C'était son tour, à cette bête. Elle avait harcelé ma nuit jusqu'à ce que vienne son jour, qui exigeait cela dans ma personne. Je n'avais certes pas l'intention de tuer la souris, bien que seule sa mort puisse m'assurer le repos. Mais je voulais me rendre maître de sa peur, afin qu'elle évite dorénavant cette maison. Dans la forêt il y avait des quantités de glands, de racines et de baies. Elle pouvait les savourer dans le doux plaisir de la liberté. Il y avait bien des racines, plus chaudes qu'une maison, qui pouvaient l'abriter en hiver. Je faisais l'éloge de la petite créature dans mes pensées, elle me plaisait bien du moment qu'elle ne voulait plus être ma compagne de chambre. J'allai jusqu'à me dépêcher pour elle. Je m'habillai pour me laver de cette enveloppe que la nuit surmontée voulait m'imposer à jamais comme un masque creux. Et de temps en temps je jetai un regard inquiet vers la bestiole. Le silence était revenu. Son pelage doux et gris était rebroussé et faisait comme des piquants. Elle semblait tenir quelque chose, comme tous les animaux qui dorment : elle-même. Cela me tranquillisa. Je me tournai vers l'activité domestique. « N'aie pas peur », pensai-je, « n'aie pas pas peur plus qu'il ne faut. Je veux juste préparer mon petit déjeuner avant d'aller dans la forêt. » (Songez que j'avais envie de manger alors qu'une créature était endormie, morte de peur, dans ma maison. La libérer n'était pas mon premier pas après le réveil. Je voulais encore prendre un repas.) Et ce n'est pas le fait qu'il s'agisse seulement d'une souris qui détruisait les provisions stockées en les gâtant, et même nos vêtements rangés d'une année sur l'autre, ni le fait que ce soit une bête petite, comparée à la grande vie que je n'avais même pas commencé à mener, ce n'est pas cela qui m'excusait. Rien ne faisait apparaître comme démesurée, exagérée, ma conscience qui me tourmentait. Ce n'était pas seulement une souris, ce n'était pas seulement la souris, c'était une créature, une œuvre du Créateur. Et d'un autre côté, ce n'était pas un amour prêché ici ou là, un jeu, une confusion entre le grand et le petit : c'était ma vie.

Je me souvenais d'un chat qui avait flairé et débusqué une souris libérée. C'était aussi un matin. J'étais comme enracinée sur place et je la regardai d'en haut. Elle était du même gris perle que cette souris-là, ses yeux terrorisés ne voyaient plus rien mais ne semblaient plus que des perles insérées dans un être irréel, elle se tenait sur ses pattes de derrière et implorait. Elle suppliait qu'on lui laisse la vie. Elle sifflait. Elle gesticulait avec ses petites pattes. Mais elle ne bougeait pas de sa place. Ses yeux étaient comme de petites épingles qui faisaient mal, grands ouverts, noirs et brillants. Le chat, dont le regard passait au-dessus d'elle, comme absent, leva une patte, s'immobilisa, regardant cette patte. La petite bête ne pouvait pas lui échapper, c'est pourquoi il l'oubliait. Il oubliait, comme j'oubliais maintenant. Et après cela je revis cette souris qui était entrée dans le piège pendant mon voyage. Elle était devenue poussière. Le squelette mort de faim offrait un spectacle terrible, étendant les pattes de derrière le plus loin possible et frappant l'air en quelque sorte avec les pattes de devant. Et je repensai encore à d'autres choses, car nous sommes liés à toutes les souffrances qui sont subies pour nous. Elles sont enfouies dans notre vie. Elles nous concernent tous comme une faute. Comme en passant, elles multiplient nos expériences avec la grande nature. Si nous étions innocents, certes, il se produirait une chose belle et sacrée à voir. Ce serait comme une pluie d'étoiles, un acquiescement à notre vie.

Là-dessus je retournai lentement, tête baissée, vers la cage. Je le savais déjà : la souris était morte.

LE VIEUX

Souvent la valeur de notre existence ne dépend absolument pas du poids qu'elle pèse. Au contraire, puisque souvent il n'existe pas de destin si pesant, ce sont en quelque sorte des pierres qu'il faut encore y ajouter, pour faire contre-poids. Et à quoi les utilise-t-on par la suite, bien souvent... Certains, pour les jeter sur ce qu'ils ont de plus cher au monde. Et d'autres ont affirmé qu'ils ont dû les avaler. Eh oui, je connais des gens qui ont l'air d'avoir avalé des pierres.

Le poêle avait même été vidé de la cendre. Et on y avait remis des bûchettes et un petit tas de papier. Et on le voyait rougeoyer à travers les petits trous de la porte de laiton fraîchement astiquée. Mais le feu ne voulait pas flamber tranquillement. Il faisait trop froid. Trop longtemps le poêle était resté éteint ; trop longtemps les fenêtres et les portes étaient restées ouvertes. Et maintenant, impossible de faire prendre même une allumette. Le contenu de toute une boîte était par terre, entièrement utilisé, sur le plancher briqué. Le vieux était assis là-devant. Il était complètement épuisé à force de rester à genoux. Et finalement, lorsqu'il trouva une dernière allumette qu'il réussit par chance à faire prendre, le froid l'étouffa pour ainsi dire entre ses mains invisibles.

Le vieillard regarda autour de lui, l'oreille aux aguets. Est-ce que la jeune personne était rentrée chez elle ? Un pas léger, depuis une étagère à vaisselle jusqu'à une porte, lui dit qu'elle était encore là. Il rassembla donc ses membres. Quand un vieil homme ankylosé tel que lui se relève, on se croirait vraiment dans un ossuaire. « Hé vous ! » cria-t-il, lorsqu'il fut prêt. Il avait oublié son nom, alors que cette personne venait depuis six mois déjà, tous les jours à heure fixe.

Elle l'entendait bel et bien. Avec un sourire mystérieux, je ne dirais pas un sourire mauvais (car bien souvent la jeunesse, avec une innocente malice, rit aux vains efforts de son patron), elle se tenait sur le seuil, serrant fermement la poignée de la porte dans sa main de travailleuse. Mais ainsi abritée, elle plongeait vraiment le vieillard dans le flot de tous les courants d'air. Et bien qu'il fût immobile, il semblait pourtant que quelque chose le poussait. Il avait quelque chose de matériel, se tenant debout, là et montrant du doigt le feu éteint. Il pouvait alors donner l'impression d'être un voilier à la dérive, sans un être humain à bord.

Les fenêtres, pas solidement fermées, se rouvrirent dans ce courant d'air. Les vasistas, on ne s'en aperçut qu'à ce moment-là, étaient restés ouverts.

Mais alors le vieil homme fut mécontent que tout

aille si vite, parce que c'était quelqu'un d'autre qui le faisait. Avec une petite pelletée de braises apportées par la jeune servante qui les avait prises dans le fourneau de la cuisine, tout fut en effet réglé ; le feu brûlait, tout simplement. Et quelques bûches de hêtre, posées par-dessus en croix, donnèrent bonne allure à l'ensemble. Cela donnerait bien de la chaleur. Mais nous ne savons pas ce que c'est qu'une pièce glacée, surtout si en plus elle a servi de chambre mortuaire. C'est un devoir qu'elle s'est littéralement imposé, de rester ainsi.

Et quand on se dit que maintenant cela va aller, parce que les bûches se consument l'une après l'autre, une sueur froide se pose sur les meubles. Le miroir devint aveugle, les tableaux s'assombrissent. Et même les fenêtres ne peuvent plus laisser entrer la moindre lumière, elles sont embuées. Le même esprit froid qui a écrasé le petit feu d'allumettes en est la cause. Ou bien est-ce seulement la chaleur qui veut commencer ? Encore pire.

Toutefois, la dernière chose à faire alors aurait été de s'installer avec lassitude et résignation sur le canapé. Car alors ses ressorts rouillés explosent et vous repoussent pour ainsi dire avec leurs creux et leurs pointes. Il y a de quoi prendre la fuite.

Mais le vieillard resta où il était, silencieux et sans activité, dans son inaction. Toute son existence consistait en effet en une sorte de non-existence : dans son inaction. Et en même temps il était banal et réel, et apparemment il n'aurait pas dû trouver extraordinaire de vaquer à ses besoins quotidiens. Et d'ailleurs il le faisait, mais cela aussi de façon si peu vivante que cela pouvait faire peur. Et on ne savait pas si c'était la froideur avec laquelle il le faisait qui faisait peur, ou même son côté effrayant était-il encore recouvert de cette froideur ? Cela doit être en effet terrible d'être un vieux comme lui. On avait du mal à croire que c'était encore un être humain.

Alors il traîna jusque devant la porte du poêle l'un des fauteuils qui entouraient tristement la table et attendit la chaleur. La nuit tombait. C'est seulement lorsque dehors il fit nuit noire qu'il pensa à aller chercher une lampe. Par économie naturellement. Les deux à la fois, c'était trop. Et jusque là, c'est le feu qui avait été la lumière. Il n'était là que pour servir de lampe. Et comme il avait brûlé dans le poêle, il ne fournissait qu'une bande correspondant à l'ouverture, qui allait jusqu'à la porte ; et comme la porte était par moments fermée, la lumière faisait demi-tour et remontait vers le plafond de la pièce. Là elle retombait, vacillante, en rayons, le long des chaînes d'un plafonnier ; avec parcimonie, si bien qu'on le voyait encore tout juste, le plafonnier resté vide.

Et la porte qui donnait sur les pièces attenantes, lorsqu'il alla se chercher une bougie, le vieillard ne voulut pas non plus la laisser ouverte, comme on peut bien l'imaginer. Ses mains traversaient en quelque sorte la pièce sombre, une pièce après l'autre. Il y avait bien une petite veilleuse dans la cuisine, mais il ne la trouva pas. Des gens étrangers à la maison y avaient mis un ordre qu'ils étaient seuls à comprendre. C'était un ordre qui suivait son propre chemin et qui en quelque sorte l'excluait. Alors il vint subitement à l'esprit du vieux que là-bas, dans sa chambre à coucher, il y avait un chandelier. Celui-là était facile à trouver à tâtons. Mais il ne l'alluma qu'après être revenu dans le salon, parce que là-dehors sa lumière serait une fois de plus morte sous ses mains, et il pensait qu'entre-temps il faisait chaud dedans. La soirée dura longtemps. Et le vieux reprit sa place et la garda, presque sans changement. On ne pouvait pas dire qu'il attendait quelque chose. Mais peut-être était-ce qu'il allait dormir à une heure précise. On ne pouvait pas dire de lui, comme on le dit à propos d'autres personnes, certainement à juste titre, qu'il tuait le temps, son péché était peut-être qu'il ne lui donnait pas la vie. Du moins le soir, quand il était si totalement seul. Et dehors, tout ressemblait aussi à son salon silencieux, quand il se levait pour aller se coucher. Il ne dormait presque jamais. Seulement vers le matin, un peu du crépuscule de l'aube venait dans ses yeux gris.

Le printemps peut reculer parfois, surtout pendant ces heures où la terre en quelque sorte s'est refroidie pendant la nuit et où la boule de feu qui se lève n'a pas encore sa puissance rayonnante. Alors il peut réellement geler. Toutes les jeunes herbes sont dentelées de blanc. La nature se souvient et il lui vient des cheveux blancs.

On est là, couché, avec pour ainsi dire un masque froid et l'on songe, sans véritable espoir de dormir et de rêver. Ce rêve surtout est la montagne vivante de l'âme, dans cet état qui autrement est semblable à la mort. Le vieux devait au moins le savoir avec certitude, qu'il ne pouvait ni dormir ni rêver. Mais comme il était déjà à cet âge de la vie où par moments on oublie tout, son état, au moins quelquefois, était une sorte d'absence. Et quand il était de retour, il était aussitôt si matériellement absorbé par son quotidien qu'un peu de souffrance, en comparaison, était un état plus noble.

Le matin, il allait dans un café modeste. Là au moins il faisait chaud. Et il y avait les journaux quotidiens à disposition. Ainsi on pouvait s'intéresser aux souffrances de gens inconnus. Oh, cette fuite dans l'horreur pour échapper à l'horreur ! Qui ne l'a pas vécue un jour, même si c'est seulement en faisant une chute dans la rue ? Cette joie glacée de la pitié des autres. Car il n'y a guère autre chose sur les visages. Ces journaux sont la boule de neige, pourrait-on dire, avec laquelle les faibles croient déclencher les avalanches de leur vie spirituelle.

Le vieillard lut d'abord, comme toujours, les annonces légales. Et puis il passa à ces parties qui décrivent la vie des rues, ou qui montrent la coupe transversale d'une maison quand il s'y est passé quelque chose. Puis il lut ce qui concernait le commerce et la bourse. Il n'avait plus rien à faire avec cela. Ou bien nous pourrions dire aussi qu'il n'avait jamais eu rien à faire avec cela. C'était bien cela : tout était déjà fixé. Il y avait dans sa vie un ordre qui ne pouvait plus se bouleverser ; de par la froideur de sa nature. En fait, il avait conclu une affaire une seule fois dans sa vie (tout le reste avait toujours été là de toute éternité) – il avait conclu une affaire à l'époque où il s'était marié.

La femme qui maintenant lui versait son café dans la salle repoussa les journaux avec sa cafetière. On ne faisait pas beaucoup de politesses, parce que l'endroit était particulièrement bon marché, et tous ceux qui venaient savaient se contenter de peu. Et la propriétaire le savait, comme on sait toutes les vérités d'expérience, sauf qu'on en profite d'autant plus qu'on est plus robuste. Et nous savons malheureusement comment sont en général les gens robustes. Le vieillard avalait donc le liquide bruyamment, car celui-ci était brûlant. Il y avait des petits pains dans la corbeille, à volonté ; c'est grâce à eux que l'atmosphère de ces boulangeries éclairées de bon matin était entrée dans la salle. Pourtant bien des choses, même indéfinissables, faisaient qu'on ne s'y sentait pas comme chez soi. Cette personne ne voulait plus rien avoir à faire avec ce commerce après les quelques heures qu'elle consacrait au petit déjeuner. Alors elle s'asseyait au fond de la salle et alignait les mailles de la chaussette qu'elle tricotait ; (c'était une sorte de grande bouche bavarde, ce tricot, et quand elle était ainsi équipée, on pouvait imaginer le reste). Mais pour une raison quelconque, ce matin-là, elle se mit à bavarder. Le vieillard fut presque effrayé. Car même s'il semblait sans vie et donnait froid, il n'ignorait pas ce qu'est une bonne parole. Mais là il reconnaissait qu'il n'y avait aucune bonté, seulement du calcul. Néanmoins, il y avait dans la manière de cette femme quelque chose de dominateur, quelque chose de beaucoup plus fort que le vieux. Elle n'avait que quarante-cinq ans environ, un âge où les femmes ont encore souvent une puissance colossale. Et surtout (même si cela semble contradictoire) quand elles sont habituellement taciturnes et peu aimables. Alors la rare parole qu'elle vous adresse fait l'effet d'un point de lumière violente, et ceux qui s'angoissent dans un recoin de leur cœur s'éclairent forcément. C'est le soleil de la mauvaise conscience, ou bien la tristesse de l'homme craintif.

« Monsieur Münster », dit-elle, déjà en train de tricoter, « vous êtes complètement seul, maintenant ? Votre femme est décédée ? » Il ne lui renvoya pas immédiatement un « oui », mais peut-être ne répondit-il pas du tout. Du moins il regarda par-dessus le bord de son journal, comme s'il n'avait pas de mots. « Mais elle a été longtemps souffrante ? Mon Dieu ! » Puis elle se remit à tricoter. Elle rendait sans doute visite à la défunte, du haut de sa montagne de mailles. Mais le vieillard ne répondit pas non plus à cela. Il savait ce que c'est que d'être un vieil homme riche. Car lui-même avait épousé une vieille femme. A l'époque, certes, avec ses cheveux noirs, elle avait à peine cinquante ans. Mais au moment de ce mariage elle tirait déjà sa révérence. Elle mourut à partir du premier jour de ces dix années. Puis, quand d'après sa nature originelle elle fut mûre pour la mort.

Elle avait été une bonne épouse. Le cours de sa vie, qui depuis son enfance suivait jusqu'à ce jour une seule ligne droite, avait quelque chose d'enfantin : on ne pouvait pas vraiment appeler cela de la simplicité d'esprit, mais c'était une certaine façon d'y échapper ; une sorte de bonté que l'on n'accepte qu'à contrecœur. Oui, c'est peut-être par là qu'elle s'était attiré la méchanceté croissante de son mari, ou peut-être déjà sa demande en mariage, qui, s'il ne l'avait pas faite par bonté, ne pouvait donc avoir été qu'une manière de se payer sa tête.

Oui, elle se mit à vieillir dès le premier jour. (Car ce qui doit être commencé, doit commencer tout de suite). Elle vieillissait, tandis que lui devenait pour ainsi dire de plus en plus juvénile. Et dès le premier jour elle eut honte de ce mariage. Pourquoi n'avait-elle donc pas eu honte avant ? Quelques jours avant les noces elle avait encore acheté une douzaine de giroflées rouge écarlate pour sa future fenêtre. Oh, si seulement elle ne s'était pas mariée ! Elle aurait sûrement gardé encore longtemps sa même joyeuse vivacité. Mais ainsi il lui fallut en quelque sorte se plonger dans une vieillesse triste.

Comme il avait été convenu, ils avaient aussitôt emménagé dans une autre ville. Sa petite maison fut vendue juste la veille du mariage, et pour le prix ils acquirent un appartement en copropriété dans un immeuble pas trop minable, où elle avait donc vécu et où elle était morte. Dix ans. Dix ans, ce n'est pas long ? C'est très long, je peux vous l'assurer ; parfois même plus long qu'une vie entière. Cela vous harcèle, un malheur commencé si tard. Il veut avoir les dimensions d'un existence de plein droit. Et déjà elle ne souriait plus de joie, mais seulement quand elle était seule, et seulement parce qu'après tout elle le faisait déjà avant. Elle souriait à son sucrier et au globe de verre qui transfigurait une pendule ; elle souriait à son canari jaune. Mais lorsqu'elle mourut, on le trouva lui aussi mort sur le sable de sa cage, il avait vécu avec elle ces dix années exactement. (Cet oiseau aussi elle l'avait acheté pour sa vie d'épouse.)

Et si nous entrons plus avant dans la nature de la propriétaire de ce café, il nous faut aussi demander avec elle quel était donc le conflit dans ce couple. Car une raison naturelle, anodine, comme nous en connaissons, elle n'y croyait pas. D'une manière générale, elle commençait par dire non à tout. Pour ensuite le retourner peu à peu, subrepticement, le présenter comme sa propre opinion, et s'en servir à fond. Alors il n'y avait plus trace d'opposition, même si on avait été exactement de son avis, car elle était toujours le centre de tout. Pour elle, il n'y avait qu'elle et son café. Et tout ce qui existait tout autour n'avait pas d'autre raison d'être. Et c'est ainsi, pensait-elle, que tous les autres gens menaient leur vie, eux aussi. Et elle méprisait totalement quiconque pensait autrement. Et si malgré tout elle savait quelque part au fond de son âme comment faisaient les autres, et qu'ils faisaient autrement qu'elle, alors, comme je l'ai dit, elle n'en tenait aucun compte, parce que c'était en contradiction avec son principe. Voilà comment elle était, tandis qu'elle tricotait et parlait au veuf. Et vraiment, bien que tout cela ne lui plût pas, il resta un peu plus longtemps que d'habitude. Simplement, parce que c'était son intention à elle.

En s'adressant à lui elle l'avait véritablement mis à la torture. Et qu'est-ce qu'elle avait donc demandé, en fait ? Presque rien.

Il se leva et partit. Une telle journée est longue pour un vieil homme. Surtout quand ce vieillard n'est pas bon, mais justement comme lui. Il n'avait pas de sorties, pas l'excuse de l'ennui. Sa jeune servante l'avait déchargé de tout, très consciencieusement. Telle était justement la malédiction de sa méchanceté : elle lui laissait du temps pour le néant. Il alla dans la rue, où se trouvaient les plus belles vitrines. Il regarda les choses. Ce qu'il pensait en les voyant, je ne saurais le définir. Il marchait sous les arcades et contemplait les fresques effacées par le temps, l'une après l'autre. Mais sans doute plus par distraction sénile que par véritable intérêt. Puis un défilé militaire l'attira de sous un petit porche. Ce qu'il pensait de la musique ? Rien. En fait il ne distinguait que deux catégories ; les marches et les valses. Et ni les unes ni les autres ne lui plaisaient vraiment. Les gens qui couraient là-derrière le faisaient penser à ceux qui suivaient l'oie d'or du conte, captifs malgré eux.

Et pour revenir à la vie de cet homme, qui extérieurement ne semblait que d'une seule couleur, il était quand même conscient de tout ce qu'il pouvait causer comme souffrance et comme tristesse chez son prochain, jusque dans le plus petit et dernier détail, ou bien comment on pouvait lui-même l'humilier et l'abaisser. Avec toute sa banalité, il ne manquait pas de savoir sur la banalité du quotidien.

Quand il n'avait pas dit bonjour, mais qu'il s'était simplement assis à table pour déjeuner, – pas dit bonjour, à cette personne au tempérament amical. (D'ailleurs le repas avait été préparé dans cet esprit.) Quand il n'avait aucune gratitude pour le fait que son linge était blanc comme neige et aussi délicatement repassé que celui d'un grand monsieur. (Car d'après sa position sociale, il était quelque chose comme un employé au guichet). Ne fallait-il donc pas que la main de cette femme littéralement se paralyse, peu à peu, lentement ? Car il ne mangeait ni ne se réjouissait, à cause de ce froid qu'il avait lui-même produit.

Comment pouvait-elle à la longue travailler efficacement pour cet homme… Car chaque travail exige quand même une force qui lui corresponde. Il la lui enlevait, en quelque sorte, car il vivait sa vie ni avec elle ni à côté d'elle, et même, c'est à peine s'il était servi par ses mains à elle, juste par des mains quelconques. Il faisait comme si elle n'était pas là. Il passait devant elle sans la voir. A l'époque il n'avait que soixante ans. Il avait une bonne position, on s'en doutait bien. Il était comme un morceau de bois pétrifié. En tout cas, selon ses calculs, il avait payé cette femme trop cher. Il devait forcément la mépriser. Peut-être était-ce seulement sa gentillesse qui était la faute de tout. En tout cas on pouvait en juger ainsi. Mais elle, sans qu'il le remarque, avait ravalé son remords et sa honte. Elle s'humiliait elle-même. Par exemple, alors qu'elle se taisait en servant son mari, elle disait : te voilà punie maintenant. Pourquoi, pauvre vieille, as-tu épousé cet homme jeune ? (En vérité il n'était plus si jeune que cela.) Mais elle s'abaissait volontairement à ses propres yeux. Tout cela était-il nécessaire ? N'était-ce pas le Malin qui lui avait soufflé à l'oreille : il faut encore que tu te maries ? N'avait-elle pas eu une plus belle vie avant ? Est-ce qu'alors, après le petit peu de travail du matin elle n'était pas assise à sa fenêtre comme dans un carrosse ? Personne ne l'y avait dérangée, et encore moins blessée. Elle avait eu une existence qui était un pur miel.

Voilà ce qu'elle se disait en servant son mari. Car dès le deuxième jour elle avait cessé de s'asseoir à table avec lui. Qu'on imagine ce que cela devait signifier, avec son caractère si naturellement bienveillant.

Mais pourtant elle ne renonça pas à tout. Alors qu'il

apparut qu'il ne la respectait pas comme son épouse, elle s'efforça de devenir en quelque sorte sa mère. Mais si par exemple elle faisait de la pâtisserie pour lui un dimanche, peut-être parce que c'était jour de fête, ou bien son anniversaire, des petits beignets au saindoux, et qu'elle les arrangeait sur des assiettes bordées d'or, et posait sur la table le café odorant dans sa plus belle cafetière, qui les autres jours restait dans la vitrine, alors au bout d'un petit moment, elle devait débarrasser le tout comme si cela n'avait été que du pain noir. Et ses petits gâteaux perdaient tout leur charme, et le café qui sentait aussi bon que s'il avait été fait par un Arabe, c'était comme si elle l'avait posé devant un roc.

Le vieux se fermait à toute bonté, et ainsi elle vit son propre courage décliner peu à peu et en même temps que lui ses mains volontaires, prêtes à le servir. Au bout de quelques années déjà on aurait vraiment pu la prendre pour sa mère, d'après son aspect extérieur. Mais cela prolongeait sa dureté à lui. Il ne vieillit plus, jusqu'à ce qu'elle meure. Il resta debout. Il devint, comme je l'ai déjà dit un morceau de bois pétrifié. Et lorsqu'elle eut commencé à vraiment comprendre cela, et toutes les choses qu'il y avait encore à comprendre, elle resta un jour dans son lit, tout simplement, sans forces – comme si tout à coup elle n'était pas seulement mère ou grand-mère, mais son aïeule.

La jeune fille enfantine qui à l'époque était encore plutôt une enfant, venait et lui faisait à manger, une petite purée, et elle la lui donnait à la cuiller. Elle avait eu une attaque. Bientôt elle ne parla plus. Mais avant, elle ne disait guère autre chose que « merci ».

Son mari, lui, allait à l'auberge. Il passait la matinée installé dans le fameux café. Mais qu'est-ce que sa femme lui avait fait ? Ce n'était pas elle qui l'avait épousé, mais l'inverse. Et en outre il avait touché un joli petit pécule en investissant dans cet immeuble de rapport. Et en même temps on y vivait comme si on était seul. Mais pourquoi l'avait-il tuée ainsi, avec cette lenteur ? Il s'appelait Michael Münster. Était-il la maison de pierre du diable ? Pourquoi était-il encore en vie, et impunément ?

Il n'avait pas donné une seule parole chaleureuse à la malade. Des soins lui avaient été donnés par des étrangers, par une personne encore enfantine, comme si elle ne méritait pas la pleine force d'une adulte. Et c'est cette enfant qui avait placé entre ses mains le cierge mortuaire. Lui, il lui avait seulement fermé les yeux à la fin.

Et c'est avec cette culpabilité qu'à présent il passait son temps au café, qu'il longeait les vitrines, regardait des paysages et écoutait des marches militaires et des valses. Mais où était donc l'amour de Dieu quand cet homme avait été créé. Et pourtant il y en a beaucoup de plus méchants et de plus durs que lui. Et beaucoup d'autres encore, beaucoup de pareils à lui, dans toutes les nuances. Et nous-mêmes, qui sait, à certains moments il nous est arrivé d'être comme lui envers les hommes.

Car est-ce que la justice ultime veut savoir si cet instant n'a duré qu'un instant ou bien une éternité. Ou bien les hommes avaient-ils seulement inventé et créé eux-mêmes leurs propres châtiments ? Exécutait-on déjà son propre jugement quand d'autres vous croyaient hors d'atteinte ? Ou bien était-on vraiment hors d'atteinte ? Car la jeune femme-enfant vient toujours chez le vieux, elle range et nettoie les pièces, tournée de façon impersonnelle vers un avenir à elle, non encore ouvert. Elle lui chauffe sa pièce, apporte avec elle une pomme, comme un enfant, comme si c'était un ballon, et elle la fait briller contre son tablier, de sorte qu'elle devient toute brûlante à force d'être rouge. Une fois, au printemps, elle pose les premières anémones sur la table. Mais seulement parce qu'elle en a trouvé beaucoup, beaucoup, et parce qu'il y a là des vases dans lesquels on peut les mettre, et des pièces, bien rangées, où on peut disposer des fleurs.

Car il y a longtemps qu'elles sont revenues, ces pièces, de leur voyage au pays de la mort. Une seule fois la jeune personne porte sur son visage, à cause de lui, une prémonition, un effroi profond. Mais en fait, là aussi, c'est seulement l'existence révélatrice qui lui ouvre elle-même les yeux. Car apparemment la vie dépose seulement avec indifférence ses saisons de feu brûlantes et glaçantes dans cette grande maison grise. La pendule sous son globe de verre marche sans qu'on l'entende ; le vieux semble si loin qu'il ne désire même plus marcher dans les rues ou feuilleter des journaux dans un petit café. Bref, il semble être parvenu au sommet de sa solitude. Mais c'est en automne. Le vieillard a pris froid et depuis son fauteuil il contemple une seule rue, sa rue. La voilà. La femme du café, elle vient en personne, plus grande que la pièce. Et comme c'est une malédiction, d'abord il la voit seulement, sans savoir si elle va passer, mais avec ce sentiment d'angoisse qui ne se perd plus jamais, ou bien si elle va le saisir de ses mains concrètes, de ses gestes plus grands que nature, comme s'il devait en être ainsi et comme si tout était décidé d'avance dans le monde pour tout le monde, mais d'un autre côté, quand même pour lui seul. Et pourtant il avait bien organisé sa vie, rien ne lui était arrivé par hasard. Il avait été un Dieu de son destin. Et voilà qu'il allait même avoir peur de lui-même. Et il sentait déjà sa propre charpente d'os, peut-être comme on reconnaît soudain la mort. Mais la vie est encore là, la vie qui semble inoffensive. Elle s'empare de lui dans les formes les plus invraisemblables, car pourquoi aurait-on peur quand la propriétaire du café, cette femme rondelette, attentive à sa manière, mais puissante aussi, vient lui demander comment il va ? Car en vérité, il y a bien trop longtemps qu'il n'a pas été dans cet établissement, ce vieil homme.

HISTOIRE DES FRAISES

Et toujours les mêmes choses reviennent, comme s'il n'y avait qu'une seule vie, dans l'aïeule, la grand-mère, la mère, dans le grand-père, le père et les enfants.
Oh comme il ferait clair en nous, si un jour cela cessait, si nous commencions…
Quand les fraises rouges et les fraises blanches au parfum d'ananas mûrissent et font voyager leur parfum bigarré dans les airs, quand on sent l'enfance et le matin d'une mère, et même celui de tous ceux qui travaillent, tout autour dans le monde et dans la ville aux jardins reverdis qui viennent baigner les murs comme des vagues scintillantes, quand on sent que toutes les choses muettes elles aussi sont en possession de la vie qu'elles portent vers un moment heureux, alors on est plus confiant, plus réconfortant et moins inutile. On est jeune, et l'on fait partie de la beauté d'une journée de juin, on est dedans comme le chant

d'un merle. Mais comme on peut être cela sans avoir part aux peines de l'existence, et parce que par ailleurs on n'est pas prêt à tomber des airs comme un oiseau, parce que malgré tout on a besoin d'habiter quelque part et qu'on ne veut pas contempler la surface de la terre seulement comme un relief sculpté, on est aussi en danger dans la beauté. Tout à coup l'on n'est plus un humain pour les humains, le cours de notre destinée s'est dissipé comme celle d'un mort... Nous vivons en dehors de notre être, et un jour on nous trouve comme une plante qui s'enfonce lentement dans la terre en pourrissant.

Alors il faut que la clarté vienne à notre secours, encore au bon moment que beaucoup de gens appellent l'amour, le paysage toujours vert de notre propre cœur.

Les fraises mûrissaient sous les feuilles sombres et velues ; cela faisait penser à un tableau ancien dans notre maison, où l'on pouvait voir, depuis un palais et depuis le jardin de ce palais, le bain de la chaste Suzanne...

Il y avait là des mains qui devenaient concupiscentes, comme les deux vieillards. Elles étaient prêtes à s'exposer au scandale devant la terre entière : elles le faisaient malgré tout.

Mais quand la victime du viol est un jardin, alors seul le ciel bleu profond de juin est le juge, alors le monde c'est seulement la rue apparemment muette, les jardins avec leurs bordures de pierre grise, avec leurs buissons vert argent, avec les arabesques de l'ombre sur les visages gris des maisons.

Un jardin étroit entourait la maison ; il avait l'air

d'un vrai jardin de petites gens, fait seulement pour paraître. Mais pas pour ceux qui passaient dehors dans la rue, il y avait aussi les poires qui naissaient de fleurs claires, on ne savait pas très bien pour qui.

Surtout il y avait là le propriétaire de la maison et du jardin, mais il n'était ni dans la maison ni dans le jardin, il habitait en haut dans la montagne, et personne ne l'avait jamais vu récolter les fruits. Et quand il regardait par les fenêtres dans la journée, après son travail – car la maison dans laquelle nous vivions n'était que son usine –, alors il voyait sauter les enfants de ses locataires et les papillons et les ombres des papillons et un oiseau qui plongeait en trillant sur une petite chenille. Et les poires et les groseilles n'étaient pas encore mûres. Et toujours entre chaque journée claire il y avait une nuit, et l'on ne savait pas si c'étaient les oiseaux ou l'esprit sans surveillance des enfants qui dans le feuillage vert apercevaient si précocement les couleurs et les formes jaunes et rouges et qui ne voyaient le jardin que dans les fruits et dans rien d'autre. Ou bien le voleur venait-il la nuit ; le voleur tout court, comme il fallait qu'on l'appelle, car que serait-il devenu si on l'avait reconnu et appelé par son nom humain ? Non, on n'avait pas envie d'attraper quelqu'un de cette espèce. On aurait bien mieux aimé mettre du sel sur la queue des petits oiseaux en plein jour.

Voilà ce que se disait l'industriel et propriétaire, en regardant par la fenêtre avant la récolte du petit jardin, et c'était des pensées si douces que cela lui plaisait bien.

Mais on peut toujours être bienveillant en laissant aller ses pensées comme ça dans le bleu du ciel. Il ne vous prend pas au mot. On peut rentrer chez soi après le travail pour retrouver une table familière, et prendre du bon temps comme un juste. Oui, il semble même qu'après une telle bonne action non accomplie, qui est là comme un œuf d'autruche au soleil, on se sente particulièrement confiant. On rit en secret. Le monde entier est doré quand on le touche.

Mais dehors le parfum voyage. Il se répand à travers les pièces, par-dessus les plats vides disposés sur la crédence, il se cache dans un bouquet de fleurs. Mais peut-être retrouve-t-il dans un verre un petit bouquet de fraises et se regroupe tout autour et devient un grand bouquet invisible d'arômes.

Oh s'il existait des anges qui ne vivent que de fruits, les bras croisés sur la poitrine, ils mangeraient sur l'arbre les fruits mûrs qui justement les attendaient, des anges dont l'encens serait le parfum des fleurs et des fruits.

Mais ce n'est ainsi nulle part, ce baiser est conservé dans l'inaccompli.

Le jour ne se levait que lentement dans la pièce tournée vers le nord. L'ombre du feuillage tombait encore lourdement dans la chambre, elle s'y heurtait.

Le plus léger, c'était encore les bruits réels, le sautillement du canari sur les perchoirs et puis sur le sable et de nouveau sur les perchoirs. Et la pendule, toujours la pendule ; mais la pendule, dont les heures en chiffres n'étaient valables que le matin de bonne heure et vers midi, battait comme le pouls dans une main fraîchement baignée, posée un instant sur les genoux. Ainsi font les mères. Quand une pièce comme celle-ci est préparée, fraîche et nette, par une mère, c'est comme s'il y avait là un enfant au berceau. Tout bourdonne autour de cette première heure.

Mais les rideaux ont l'air immobiles dans leurs plis bleutés. Le narcisse se reflète dans la vitre. Le dernier regard plein de tendresse que la mère a jeté dans la pièce comme pour lui rendre son salut avant de la quitter, attentive, y plane encore.

Et les cris de la rue qui l'envahissent ne s'adressent pas à elle : pas la voiture qui décrit la rue en roulant lourdement. C'est une écriture singulière. Ce sont toujours les tables remplies qu'on soumet à la vue de la pièce. Mais elle ne les voit pas. Le jour là-dedans a sa monnaie particulière.

Alors des tambours et des fifres passèrent, je ne sais plus, tout à coup toutes les fenêtres étaient ouvertes, et quelqu'un parcourait à nouveau les escaliers et les couloirs, disant comme pour prolonger son bonheur : « Oh, des fraises ! »

Oui, cela embaumait, et le silence en même temps, c'était exquis...

Nous, les enfants, nous rentrions à la maison. Nous étions petites et on ne nous connaissait pas encore dans la rue. Seuls les habitants des maisons voisines savaient quels vêtements nous portions, ce que nous mangions jour après jour, comment était notre mère... Et ceux qui vivaient au bout de la rue disaient seulement notre nom, ils l'essayaient pour ainsi dire sur chacun de nous, comme on appelle à soi de jeunes animaux, qui ensuite reprennent leur route dès qu'ils ont remarqué que ce n'était pas leur maître.

Ainsi, ce jour-là aussi, étions-nous arrivées lentement

à la maison, plus savantes que de grandes personnes et pourtant plus insignifiantes que tout. Nous avions pour ainsi dire rapporté le jardin avec nous. Il y avait de l'espace pour lui dans cette grande et vaste pièce. D'ailleurs celle-ci avait trop longtemps été seule. Les fraises ensoleillées étaient très précises dans notre esprit. C'était comme si quelqu'un les avait tenues devant nos yeux. Non pas éparpillées, comme nous les voyons aujourd'hui et demain, mais sûrement comme seuls les oiseaux les distinguent de leurs yeux ronds comme des baies.

Mais dans notre esprit il n'y avait pas seulement le jardin clos de la maison avec ses buissons de roses, ses guirlandes de fraises ananas, avec le parfum des fleurs de marronnier, il y avait aussi la rue elle-même. Nous y jouions avec nos mains, tandis qu'elles attendaient sur les tables, comme attendent les mains d'enfant avant le repas de midi. Nous ne disions rien. L'or du soleil de midi rend silencieux. Mais notre mère arrivait. Les narcisses se cabraient sous le brusque courant d'air, les rideaux se soulevaient dans leur modeste robe blanche. On avait alors le droit de parler et de manger. Peut-être tout n'était-il que faim et fatigue... Certes, on était affamé et fatigué, mais pourtant on n'avait envie ni de parler ni de manger. Midi, c'était vraiment l'heure des spectres. Même le visage de notre mère ne semblait pas être là. Il était encore au-dessus du fourneau.

On ne pouvait même pas trouver l'une des paroles tendres – ce pouvait bien être aussi une parole banale, on était encore loin d'avoir besoin de se plaire les uns aux autres, on s'aimait tout simplement – même pas une parole banale.

La pensée humaine a quelque chose d'étrange. Ceux à qui je le raconterais, sans doute ne pourraient-ils guère remarquer de quoi il retourne, car rien encore n'avait été pensé, rien ne s'était passé. Cela avait juste été ressenti : là-bas, au bout de la rangée de maisons, il y avait, comme traversé du frémissement de milliers de flèches de soleil, le petit jardin de fraises. Et son sang était mûr, semble-t-il, en l'espace de quelques heures. Et ses feuilles lasses de dissimuler. Le parfum coulait à flots. Nous le savions : tantôt c'étaient les fleurs de marronniers qui embaumaient, assaillies d'abeilles bourdonnantes, ou un parterre rond de narcisses, tantôt nous respirions la douceur des pensées odorantes. Mais quand les fraises se déversaient à nouveau à flots, le repas nous semblait ennuyeux et pénible, et pas du tout attirant ; nous avions envie de nous lever et de nous en aller.

Chez nous il n'y avait pas de dessert les jours de semaine. C'est pourquoi le repas, à sa manière honnête et domestique, ne pouvait rivaliser avec cette journée de juin. Nous étions comme dans une petite cage du printemps et de l'été.

Et notre mère, à la fois jeune et adulte, avait également durci son cœur devant tous les jardins clos. Aucune intercession ne s'exprimait sur son visage. Elle pensait, surtout à propos du jardin qui entourait étroitement notre maison blanche, que cela dépasserait son expérience, et elle nous conseillait donc de jouer dans les rues et les parcs éloignés. Car la petite porte du jardin pouvait céder tout à coup. Qui savait la magie de son désir estival…

Vous, en revanche, vous dites peut-être que nous trois n'avions pas appris à nous priver. Mais qu'est-ce alors que savoir se priver – si vraiment nous ne le savions pas – si ce n'est la joie de regarder les choses. Nous revenions rassasiées du marché, et souvent nous n'avions pas acheté un petit bouquet, pas un cornet des premières cerises. Et la cassette de notre sensibilité était largement ouverte. Mais pour le petit miroir qui y était fixé, il suffisait qu'il reflète le sol ; on y voyait l'étal chargé de fruits et de légumes. Mais comme des bijoux et de la musique ancienne, on sentait ce monde se transformer en lui-même et passer de l'autre côté.

Mais le jardin des fraises ne voulait pas se transformer. C'était le jardin de tous les jardins ; la sueur ni l'effort de personne, la propriété de personne et pourtant verrouillé, il semblait offert à lui-même. Au fond ce n'était qu'un petit jardinet de devant, qui donnait sur une place ronde et sur la large rue, mais il sortait de terre avec force ; il s'était déjà emparé de nos cœurs. Les choses cessaient d'aller au travail chez nous, dès cette heure-là.

Mais qu'est-ce que cela signifie pour un enfant, d'être sans monde…

Par moments nous jouions encore, comme notre mère nous l'avait ordonné, dans le sable du parc. Notre petite charrette en bois était chargée de cailloux. Il y avait des cailloux partout. Des cailloux aux couleurs et aux formes plus diverses que les pensées. Il semble qu'il y en avait un pour chaque idée qui nous venait, pour chaque geste. Mais ils étaient durs, pourtant, entièrement et totalement des cailloux. Ce qui nous poussa finalement à quitter cet endroit. Ce langage humain du renoncement et de la solitude totale était étranger aux enfants que nous étions, et presque effrayant.

Nous nous levâmes et remontâmes la rue, les mains posées paisiblement sur le timon. Nous étions pressées. C'était comme si on ne nous voyait pas. Nous contournâmes la fontaine sous les tilleuls, nous contournâmes chaque arbre. À la fin nous chantâmes une petite chanson de mai, mais tout doucement, comme si personne ne devait l'entendre, dans l'aveuglement du soleil. Nous étions seuls ; sous la protection de notre petitesse, comme invisibles. Nous nous tenions devant les barreaux de fer du petit jardin, un instant, puis encore un instant. Nous ne voyions rien. Les feuilles étaient rugueuses et dentelées, jusqu'à ce qu'une fraise se reflète dans notre œil, de façon tout à fait soudaine apparemment. Mais voilà que déjà la main était posée sur la poignée du portillon. Et la charrette suivit. Et nous étions assis au bord des fraisiers et nous regardions sous les feuilles et portions la main sous les feuilles. Et les fruits étaient sucrés, au comble du sucré. Ils tombaient d'eux-mêmes dans nos mains quand nous touchions les petites touffes de feuilles. Et il y en avait tant… Nous cherchions nos mains du regard. Il y avait quatre mains qui se tenaient, mais quatre petites mains dont les lignes, comme les lignes du visage, étaient encore à peine esquissées.

Alors nous regardâmes la petite charrette. Et nous trouvâmes que les cailloux devaient aller avec les cailloux, et nous la vidâmes.

Et puis, avec un entrain volubile, nous couvrîmes le fond de la petite voiture de feuilles. Et il y eut une fraise dedans, et encore une, et bientôt ce fut plus que rouge. Et quand nous fûmes fatiguées et que nous ne faisions plus rien, recroquevillées comme des petits lapins, c'était aussi la fin de l'après-midi dans le monde extérieur. La rue était plus que claire dans le soir. Chaque porte était une bouche, chaque fenêtre un visage, et tout d'un coup les jardins nous semblèrent tous ouverts. Soudain nous eûmes peur. Nous étions encore seuls. Alors nous nous levâmes, et la charrette suivit, qu'aurait-elle pu faire d'autre… Nous l'empêchions déjà de verser. Je me souviens que quelqu'un nous regardait derrière la fenêtre fermée, avec étonnement et curiosité. Mais il était impossible que ces fraises ne soient pas à nous, alors que nous les ramenions si ouvertement à la maison dans une charrette. Voilà ce qui se lisait sur ce visage. Mais nous, nous étions des voleurs dans la nuit, nos visages ne disaient rien. Si l'on nous avait demandé brusquement : « Qui êtes-vous, et qu'est-ce que vous avez fait ici », nous n'aurions pas immédiatement sursauté comme des somnambules tirés de leur rêve. Nous nous étions oubliées nous-mêmes, de façon tout à fait irréelle. Notre savoir était un non-savoir. C'est ainsi que nous rentrâmes à la maison.

Nous étions heureuses qu'il n'y eût personne dans les pièces et que nous puissions remplir les plats vides sur les crédences. Le soleil du soir brillait. L'oiseau s'ébrouait dans l'eau. La pendule se mit à sonner. Cela passa. Nous ne comptions pas. Nous aussi nous étions hors de la pièce. Etions-nous auprès de la servante, qui brandissait si dangereusement le fer dans son tablier fraîchement repassé, descendions-nous sur la rampe d'escalier ou bien nous sommes-nous joints aux enfants dans la rue, pour l'un de ces jeux du soir pleins d'excitation, je ne m'en souviens plus. Mais finalement nous oubliâmes et nous fûmes à nouveau comme les autres.

Et nous rentrâmes à la maison si apaisées, si réconfortées que ce fut certainement une joie.

Pas un souffle ne rappelait ce qui s'était passé. Tout était comme toujours, et tout était de nouveau à sa place.

Mais, ô surprise, surprise qui nous laissa sans voix : on ne servit pas la soupe ou le légume ni même un morceau de pain pour chacun ; on ne posa sur la table que trois assiettes pleines de fraises. Nous les connaissions, nous les connaissions très bien. Et chacune de nous mangea, penchée en avant, terriblement mortifiée. Personne ne regardait les mains de l'autre, ni son visage. Mais notre mère ne dit pas un mot, elle non plus, et se contenta de finir sa part avec nous. Pas un reproche, pas de « alors, vous n'avez plus faim ! » prononcé d'un ton sévère, comme nous l'avions bien mérité ; pas de « Et qu'est-ce qui serait arrivé si… »

La pièce embaumait à présent, comme si on y avait vraiment ouvert un jardin… Nos mains étaient rouges, car on n'avait pas non plus mis de cuillers sur la table, et personne n'eut l'insolence d'aller en chercher.

Mais il n'y avait pas non plus de tribunal caché qui nous attendait quelque part. Ce repas semblait avoir tout réparé. La nuit était là, et elle était comme un grand champ de pensées veloutées. On alla y dormir, fatigué, sans réfléchir.

Et notre mère était mère et les enfants étaient toujours des enfants, tendrement épargnés.

LA MONTGOLFIÈRE

C'était une journée tout à fait claire, celle où la montgolfière devait prendre son envol. Si l'on faisait mine de tendre les bras comme pour l'attraper, cela n'avait pas du tout l'air stupide ; parfois le monde entier est comme peint sur de la porcelaine, y compris les dangereuses fêlures.

On voyait déjà le vert sur tous les arbres et tous les buissons, mais toujours en commençant par les petites branches extérieures, comme si une main de couleur verte était passée sur elles. Et Pâques n'était plus loin, on pouvait déjà avoir ce genre d'idées.

Il fallait une journée ensoleillée et sans le moindre vent pour que la montgolfière puisse s'élever dans les airs. Je ne sais pas si les gens y tenaient tellement, les gens importants avec leurs enfants et leurs domestiques. Mais notre mère y tenait beaucoup ; elle pensait qu'il fallait y assister. Pensez un peu, grâce à l'air emprisonné monter plus haut que toutes les montagnes, là où fleurit la gentiane, au-delà de l'edelweiss. Mon Dieu ! c'était assez risqué. C'était peut-être même sacrilège, disait-elle d'un air pensif. Et tout à coup il semblait que la nuit était tombée sur la terre. C'était assez risqué, en effet… Peut-être la montgolfière resterait-elle immobile au-dessus de la mer, toujours, à jamais, jusqu'à ce qu'on finisse par mourir de tristesse et qu'on tombe, seul, comme un petit bout d'étoffe, et le ballon était toujours dans le ciel… Les enfants sont sûrs qu'on peut tout voir au-delà de la mort. Ils ont en eux un espace, qui n'est pas seulement comme plaqué sur du papier. Si l'on gardait l'amour que l'on ressentait alors en soi de façon si vivante, il y a longtemps qu'on serait un vrai magicien. On apprenait cela : ne jamais mourir. On entendrait encore le son venu de l'étang de la mort, et si on s'en approchait pour regarder au-delà, il y aurait là toutes sortes de nymphéas épanouis. C'est de cette façon que l'on pensait à la montgolfière. On y pensait avec ses habits du dimanche et avec ses bras et avec son visage.

Les voix y faisaient penser, oui, tout ce vaste monde du dimanche. Sur le chemin les gens affluaient vers l'église. Un petit garçon, pas plus grand que nous, tambourinait devant la petite maison du vaguemestre préposé au poids public, et il criait et tapait des pieds au point que ses genoux heurtaient la peau de son tambour. C'était un travail terrible. Celui-là n'allait pas au terrain de sport pour voir la montgolfière. Car il avait lui-même un tambour géant du même genre. Il jouait du tambour pour sa rue, pour son père, oui, pour tous ceux qui non loin de là passaient comme l'éclair dans le soleil. Mais son père, lui, était à sa fenêtre. Il nous voyait et nous le voyions, et il voyait son enfant et nous voyions le petit garçon. Et nous l'entendions aussi. Mais le vaguemestre vivait derrière des fenêtres sourdes. Le monde est un grand miroir, tout à coup on est mis sous les yeux les uns des autres, sans qu'on puisse se détourner. « Cet homme », dit notre mère, « est toujours là-dedans, dans sa petite maison. » Si l'on avait soudain été changé en ce piquet de bois devant la grande bascule, le piquet où l'on attachait les chevaux, on n'aurait pas été plus effrayé. « Toujours », donc, ce mot en a déjà transformé plus d'un en globe-trotter. Nous le sentions à la frayeur qu'il nous inspirait. Ah, on a des milliers d'instruments de mesure pour mesurer sa destinée. Et cela à juste titre. C'est prévu d'avance. Nous aussi, nous voulons toujours savoir d'où vient le pas et où il mène. Et même le saut de puce le plus amusant laisse une trace.

Alors le cri d'un oiseau entra soudain dans nos pensées et les dispersa. Nous continuâmes notre chemin. Nos vêtements commencèrent à nous brûler, à cause de la chaleur de midi. Et pourtant ils étaient en avance sur la saison. Mais les heures de midi, toutes ces heures ensoleillées, se sont réunies pour en faire une seule, et un petit garçon pourrait en hiver traverser son jardin en manches de chemise. C'est ainsi. On peut oser toutes sortes de choses, on tient ses sens comme un miroir ardent au-dessus de soi. Et tout près de Pâques… On croyait déjà avoir vu plus de fleurs que toutes les années précédentes. Des anémones et des pâquerettes et des perce-neige et des violettes, toutes sortes de petites plantes à tige courte, des fleurettes qui ne devenaient jamais aussi hautes que le reste de la prairie, où elles étaient maintenant seules, avant les autres. Cela ramena nos pensées à la montgolfière, et nous nous dépêchâmes. Nous étions tout près du terrain de décollage. Mais il y avait de moins en moins de monde qui s'y rendait, et nous ne rencontrâmes personne ; comme s'il n'y avait personne là où nous allions. Nous étions un peu désappointés. On n'aime guère cela. On pensait qu'une auberge, faisant signe de loin avec ses petits drapeaux, du haut de la montagne, mais qui ne serait pas pleine à craquer de couleurs, de toutes sortes de gens que l'on ne reconnaissait pas encore – jamais on ne verrait cela.

« On est arrivés », annonça-t-on avec soulagement. Et de plus en plus de gens disaient cela. Nous ne savions pas qu'il existait des auberges qui étaient vides et qui tous les jours laissaient leur drapeau en haut du mât, par temps de pluie et pendant la nuit et jusqu'au cœur de l'automne, où il pâlissait avec les premiers flocons de neige, et alors on le descendait, tout raide. Mais déjà nous redoutions un peu cela, sans l'avoir encore vécu. Le cadeau du dimanche, les visages qui devaient se trouver là en une masse ondoyante, n'étaient pas encore visibles, même de loin. Seul le terrain de sport qui s'étendait dans toutes les directions apparut d'un seul coup sous nos yeux, entre deux maisons. Et sur ce terrain, toute petite devant le ciel inaccessible, on voyait la montgolfière attachée au sol par des cordes. Et autour de la montgolfière se tenait une bande de ces enfants qui pendant tout l'été habitent en quelque sorte sur ce pré et vivent de spectacles. Des femmes qui regrettaient d'avoir fait ce chemin interminable attendaient, les livres de prière dans leurs mains impatientes, derrière ces enfants. Et derrière elles un homme qui tournait les talons comme s'il connaissait tout cela mieux que tout le monde. Et à part lui, encore un père de famille, un artisan, on le voyait bien, comme des œillets qui ne veulent pas fleurir, posés au soleil de la fenêtre basse. Il voyait : peut-être un jour achèterait-il à ses enfants un ballon, mais un petit ballon, un ballon rouge. Mais celui-ci était fait d'une étoffe brillante comme la soie. « Le gris va bien sur le bleu », pensait-on. Une couleur embellissait l'autre. Mais quand on y restait plongé longtemps, le bleu du ciel tremblait comme du feu. Finalement tout cela aurait pu faire oublier la montgolfière, et peut-être flottait-elle déjà loin, très loin, peut-être qu'elle avait disparu et s'approchait de cette gentiane, comme d'un ciel au-dessous d'elle, et le vent de la montgolfière effleurait l'edelweiss et les sommets pointus des villes hautes.

On me donna le parapluie de ma mère à tenir. Elle voulait chercher de l'argent dans son sac, je vis que c'était cinquante centimes. C'était beaucoup. Aux mendiants on donnait trente centimes pour un pain, dix centimes aux écuyers acrobates. Une femme aux cheveux gris, petite et replète, faisait la quête. Elle était malheureuse, on n'avait pas besoin de le dire : en effet, qui ne sent pas cela, quand il n'y a pas grand monde pour une exhibition de ce genre ; personne, pouvait-on dire, parce que les rares personnes se détournaient quand elles voyaient l'assiette, de sorte que le peu qu'il y avait dedans devenait si peu qu'on ne pouvait même plus le partager. Elle n'était pas du tout en maillot et ne faisait pas de sauts périlleux. Même les enfants, ses petits-enfants, se tenaient à l'écart, au bord de la frontière que trace avec une si jolie prudence la misère. Ils étaient debout et regardaient la vaste plaine, non pas en l'air comme nous, le spectacle leur semblait gâché. C'était donc cela l'auberge avec le drapeau... Ils avaient aussi l'air si figés, comme des personnes obligées d'attendre et de regarder longtemps. Comme si nous les avions abordés dans un jeu d'enfant plein de gravité et leur avions demandé sans ambages : « C'est vous l'auberge ? » alors ils auraient secoué la tête, avec force, de sorte que tout le monde pouvait savoir que c'était « non ». Ils étaient simplement leur propre misère, comme un petit jardin au nord : le rouge devenait rose, le bleu un bleu clair, le jaune du doré mourant. On aurait dû leur donner dix francs, dix francs, sans tout ce marchandage avec soi-même. Il y avait là des gens obligés de vivre au jour le jour, qui se souvenaient de souffrances surmontées comme de jours de bonheur qui leur promettaient une longue vie. Il y avait véritablement de quoi vous faire frémir. Qu'on les ait vus ou pas, connus ou pas, cela ne comptait pas ici. Petits et sans expérience, vieillis dans le dénuement, devant ce spectacle cela devenait incroyable. « Il n'est pas question d'âge » entendait-on crier quelque part, « il n'y a pas de radinerie, ne-rien-avoir n'existe pas. » C'était comme si un homme puissant brandissait contre le ciel ses haltères qui pesaient des tonnes, son torse scintillant d'or, exécutant ainsi sous nos yeux un tour de force terrible, afin de nous en donner pour notre aumône. Nous regardions le sol, honteux de notre insignifiance, qui était plus forte que tout, sinon il aurait quand même gagné contre nous. Mais par moments nous avions encore la terre sous nos pieds, aucun conte ni aucune vérité ne nous le faisait oublier. Cette grande miséricorde, quand donc viendra-t-elle en nous ? Nous ne l'avons pas dans l'enfance, nous ne l'avons pas dans notre jeunesse, nous ne l'avons peut-être pas non plus dans la vieillesse. Donner, c'est une grande simplicité. Peut-être celle-ci est-elle faite ailleurs de patience, peut-être réside-t-elle dans la misère même, quand elle ne nous a pas encore saisis ou changés. C'est un savoir tranchant comme une lame, cette misère, nous ne voulons pas en parler plus longtemps. Je ne crois pas que les cinquante centimes étaient peu de chose pour notre grand-mère, même si avec son regard gris de tous les jours elle ne disait rien. Parfois il faudrait juste être tous les gens qui ne sont pas venus et qui n'ont pas payé. Eux aussi savaient. Il y avait eu une annonce succincte dans le journal, du genre : « En cas de beau temps, un acrobate s'élèvera, suspendu à la montgolfière. Le public est cordialement invité. » Date, lieu et heure.

Et à présent la sphère se mettait lentement en mouvement. On voyait ses enfants qui détachaient les cordes. Et l'homme lui-même, comme la place vide où se rejoignent à la hâte quelques sentiers de campagne, arrangea encore sa sangle de cuir, on ne sait pas, peut-être dans la fatigue, par laquelle il s'attacha au trapèze, plus tard dans les airs. Il vérifia encore une fois si elle tenait solidement, cette sangle, envoya un baiser, comme un croissant de lune dans le ciel en plein jour, s'élança déjà à la hauteur des têtes sur le trapèze et s'engagea de plus en plus dans le ciel. Il paradait, en se balançant de la façon la plus risquée. Une fois nous le vîmes hors de sa barre, les jambes tendues en l'air, ne se tenant que de la main gauche. Nous regardions. Nos mains (nous le sentions), nous les tenions autour de quelque chose qui n'était pas là. Nous voulions sans doute l'aider, car tout là haut, dans l'air... L'acrobate sous la montgolfière... Comme il était déjà loin, peut-être, à cet instant... Combien de temps lui paraissait une heure... La journée était pleine de douceur et de dévouement. Mais nous, comme des lézards, nous nous glissâmes très vite, clignant des yeux, à nouveau sous nos pierres.

VISITE DE NOËL

Au-dessus du jardin des fraises, au premier étage, travaillait un employé qui autrefois avait été typographe. Notre mère nous racontait cela avec gravité. Il avait une attitude tellement respectueuse envers son travail qu'on était forcé de le trouver admirable, bien que ce soient les mêmes lettres, posées au même endroit, comme pour les autres typos. « Nous allons lui rendre visite pendant les vacances de Noël. » Et c'était important pour nous, et peu de temps après nous prîmes solennellement la petite lettre par laquelle nous devions nous présenter. Et ce n'était pas seulement parce qu'il y avait une visite de courtoisie que c'était important pour nous. Non, justement parce que nous étions de vrais enfants, pleins de simplicité, notre sensibilité nous permettait de percer le sens que cette découverte nous promettait avec la clarté et la franchise qu'elle recélait.

Déjà le fait que cet homme habitait de l'autre côté de la colline, qu'il avait le courage de respirer par lui-même parmi les choses nouvellement acquises et qui se transformaient encore, cela nous étonnait et nous donna une attitude plus droite, plus attentive lorsque nous entrâmes dans sa maison.

Il nous salua en personne. Il vint vers nous d'un pas rapide et ferme, exactement comme nous l'avions pressenti. Sa femme arriva. Les enfants attendaient encore qu'on les appelle, debout devant les portes du vaste corridor. « Voilà notre maison », dirent-ils très gracieusement, « et voilà Gretchen. » On nous enleva nos manteaux. Et puis ce fut la petite procession solennelle vers la pièce dédiée à Noël. Mais quelle pièce ! Nous serions repartis si nous avions été seuls. Un oiseau y chantait, aussi mystérieux et scintillant que s'il était posé en liberté dans les branches. Et bien que notre entrée eût fait entrer dans la maison quelque chose d'étranger, de scrutateur, les minutes s'écoulaient toujours, claires et mûres, baignant ce qui ne devait pas être oublié et qui sans cela se serait desséché. Et là aussi la fête débutait, comme toutes les autres années, invariablement, près de la petite table de couture, comme en personne, toute modeste et discrète. Parce que c'était dimanche et qu'il n'y avait pas de travail, elle reliait et dénouait des centaines et des centaines de ronds de soleil. Mais ensuite c'était le tour de la table qui arrêtait par son parfum. Les pains d'épices et les étoiles à la cannelle, les nombreuses variétés de petits gâteaux au beurre étaient tous prêts à se laisser échanger et même donner, s'il convenait de le faire. Parfois ils devenaient encore plus sucrés et croquants, et croyaient que tout cela venait seulement du sapin de Noël. Mais lui aussi avait gardé son rond de soleil, mesuré par le soleil lui-même, et il était tout entier un arbre de la forêt et tout entier un arbre de Noël. Pourtant je ne me souviens plus comment il était décoré. Il me plaisait, c'est tout. Je ne me souviens plus non plus des présents disposés sur la nappe brodée de bleu et de blanc. Mais ils étaient sans doute préparés avec un très grand soin, le soin des trois cent soixante cinq jours de l'année. Quand on se fut rassasié de contempler et de savourer, un petit chant de Noël s'éleva, comme une petite crèche posée dans la mousse. Et les deux enfants chantèrent la bonne nouvelle divine avec une telle joie, dans la voix de leurs parents, ce chant, que l'on était forcé tantôt d'écouter, tantôt de sourire. C'était aussi des cadeaux, ces mélodies que les enfants entremêlaient, et on les lisait au sortir de leur bouche, comme une Annonciation qui montait au ciel.

Puis on nous invita à entrer dans le salon ; je remarquai un berceau de poupée. Mais le petit garçon avait déployé un atlas, on pouvait y voir le monde entier ; la terre qui tout à coup tirait sa langue dans la mer. Le petit garçon y promenait son regard joyeux. La compréhension est amour. Elle ne doit rien à elle-même, bien qu'elle soit entièrement présente en personne ; elle ne fait que relier des éléments. Et toutes les choses qu'elle commence et achève, elles sont toujours recueillies en corps et en esprit. On ne se heurte pas aux pics saillants d'un être. C'est pourquoi l'atlas était lui aussi un vrai cadeau. Mais il fut refermé et mis de côté. Les tasses arrivèrent et la haute cafetière et le sucrier en cristal, et ce fut encore une fois Noël, d'une autre manière. La crème fouettée, le *niedl* comme ils disaient, était fort tentante, mais néanmoins un signe officiel de fête. Qui n'aurait aimé inviter chez soi ces bonnes offrandes une fois par an, sur une nappe damassée à fleurs ! Et avec de si bonnes manières, une distance si distinguée qu'on faisait une sorte de courbette avec la petite cuillère d'argent avant de la porter à sa bouche. Et par-dessus tout cela, la conversation, convaincue de la valeur, de la richesse de toutes choses médiates et de l'immanence de la personne elle-même. C'était le même respect, comme sur le plan de travail du typographe. Un enfant pouvait comprendre cela. C'était clair comme de l'eau, souple et sans arrière-goût étranger, mais en même temps dur et ferme comme l'eau, qui use les pierres encore plus dures. Un enfant avait rarement l'occasion de poser une question, certes, mais son oreille prenait part à la conversation.

Finalement on se leva pour contempler le rameau de sainte Barbe qui fleurissait à la fenêtre. C'était vraiment bien dans la manière de l'hiver, de faire éclore ces minuscules fleurs roses avec leurs petites feuilles pointues sur les côtés. Et les jacinthes, qui lançaient leurs racines blanches dans l'eau comme des flammes. On les avait éloignées à cause de leur parfum puissant. Mais d'elles-mêmes elles allaient encore plus loin. Tout leur air de jacinthe s'échappait par les fissures et les fentes des fenêtres. On en était frappé. Il ne restait que la fleur. Mais dehors aussi, c'était un soir floral, et peu à peu la pièce elle-même était tournée vers le lointain. Il n'y avait pas si longtemps, elle était encore au centre, avec le *niedl* et le gâteau… On était tout déconcerté en regardant derrière soi. Il n'y avait plus de couverts. Sur la table il y avait une gentille petite jardinière. Une porte s'ouvrit doucement, et la voix de chanteur du petit garçon nous invita : « Père, la lanterne magique est prête. » Oh, tout était pour les enfants ici, pour les enfants. Nous y allâmes en bondissant et nous nous installâmes avec gratitude dans le vaste corridor. Pourtant nous n'avions encore rien remarqué lorsque nous étions entrés. « Les enfants, il faut encore que vous vous reculiez un peu. » dit l'homme en soulevant sa Gretchen en même temps que sa chaise dans le fond encore plus sombre de la pièce. Et puis on entendit le bruit des plaques de verre qui se succédaient lentement. Et nous étions dedans, dans les images et les couleurs avec nos sens. Nos propres mouvements devenaient brusquement angggggggguleux et audacieux, ou bien ils reculaient craintivement. Le rouge était là, comme allant vers le soleil le plus brûlant, tenant la main de sa mère, les yeux fermés. Rouge était aussi le froid extrême, le plus lointain : la lune y devenait le soleil. Mais le soleil lui-même n'avait plus aucun pouvoir. L'eau était bleue. Et jaune depuis la nuit des temps, le pissenlit par milliers. Il était l'emblème de cette couleur. Une roue de moulin se mit à tourner. Un marteau frappait son enclume. Des saisons apparurent, comme sortant des livres, avec des elfes et des nains. Un été se dressait et se courbait en arrière sur une charrette branlante, on pouvait lui faire confiance. Il y avait un hiver. Les enfants se lançaient sur leur luge dans le blanc de l'écran et disparaissaient. C'était bizarre, presque angoissant.

Cela n'avait pas duré plus longtemps que le petit

verre de liqueur d'un invité du dimanche, en bas dans le parc municipal, ou le sermon ingénu d'un buveur abstinent dans la grande salle du gymnase. Nous nous levâmes, beaucoup plus riches et un peu plus pauvres, comme à chaque fois que quelque chose se termine aussi soudainement. C'était en effet une lanterne magique toute neuve, qui n'avait pas encore tellement de plaques. Il est possible aussi que, occupé avec ses sens, on n'avait pas pu tout retenir. Et comme nous étions arrivés ainsi à la fin de ce bel après-midi, la séparation se fit d'elle-même. On nous rapporta encore de la pièce de Noël deux brioches aux raisins en forme de bonnes femmes, pour qu'elles nous accompagnent sur le chemin du retour. Et on alla chercher nos manteaux et on nous enveloppa soigneusement dedans comme les enfants de la maison. On prit congé de tout le monde et de chacun, presque un peu mélancoliquement. Puis la porte se referma. Et puis on fut sur le perron, et puis dans la neige de la rue. Les quatre visages nous accompagnèrent encore un bout de chemin…

Mais comme la joie nous a bien pourvus, comme elle nous a dotés de l'ouïe, de la vue, du goût, en vérité, des choses élémentaires – la vie simple, pure, suivant un chemin qu'elle doit suivre de toutes façons. Et pourtant elle est comme un arbre en fleurs, ou bien comme des rameaux d'hiver couverts de neige, ou bien comme les contours nus de la fin de l'automne. Elle fait de nous ce qu'elle veut, vraiment toutes sortes de choses…

UNE HISTOIRE RACONTÉE…

Le soleil du matin illuminait les fleurs. Dans l'air plein de rosée un petit oiseau lissait ses plumes avec délectation. A l'intérieur, dans la salle, il y avait comme des reflets dans de l'or liquide.

Le bouquet de fleurs se dressait fièrement sur la table. Le sol, avec son parquet merveilleux, les chaises avec leurs motifs au souffle pur, et même les petits souvenirs dans la vitrine avaient capté la piété d'un esprit de labeur et brillaient de l'intérieur.

Une fois une jeune fille entra et regarda. « Comme c'est beau, une salle si calme qu'il suffit de rester sur le seuil pour se reposer », pensa-t-elle, puis elle retourna à son travail.

Dehors, on entendait trottiner lentement sur le gravier. Une voix âgée, égale, appelait les poules. Alors les pigeons vinrent se poser sur l'appui de la fenêtre ; un dindon se mit à glousser. On entendait picorer les poules, tomber les grains, et on reconnaissait l'écuelle de terre même sans l'avoir vue.

L'air qu'avait tout cela : joyeux, avide, encore en devenir. Même la vieille femme aveugle, qui là-dehors appelait les poules pour leur donner à manger, n'avait pas l'air d'être exclue. Elle connaissait la montagne. Ici, dans son nouveau pays, ses pieds étaient encore sur les chemins. Par moments elle chantait des psaumes, ou elle disait le nom de pierres rares, ou bien elle marchait tout autour de la maison avec sa canne. Aujourd'hui elle avait encore écossé des pois, une énorme quantité, et mis elle-même la table dans le jardin.

Et la jeune fille apporta encore de la vaisselle de porcelaine ou une pleine poignée de couverts d'argent. Même les verres, la vieille femme les posa à leur place exacte.

Finalement elle partit elle aussi. Il ne manquait plus rien. On pouvait à présent se laisser envahir par la joie. Pendant une heure, ce fut le silence. On aurait dit qu'il n'y avait absolument personne dans la maison. Et la servante était en haut dans la mansarde, debout devant son minuscule miroir, en train d'essayer le tablier fraîchement amidonné qu'elle avait eu pour Noël. Puis elle se hâta de ranger encore la commode, qui dans ce genre de petit réduit doit servir de table, remit la chaise en place et ouvrit à nouveau la fenêtre. On ne savait jamais… Et cette pièce à son tour fut laissée seule. Et à peu près au même moment, les autres apparurent aussi par les portes, convenablement coiffées de capotes, ou bien en robes d'été soigneusement repassées, en gris, en noir, ou couleur ivoire. Toutefois, si l'on s'attend à ce que les gens heureux aient aussi des visages heureux, on se trompe. Les visages sont si solennels et muets qu'on pourrait presque les croire tristes. Ils ont l'expression d'expectative et de réflexion de celui qui a tout fait, et qui maintenant est prêt pour ce qui adviendra.

Mais la conscience de la maison n'était quand même pas tout à fait pure. Certes, elle était là, brillante, essuyée à l'intérieur et à l'extérieur comme une coupe de verre. Une oie blanche comme neige avait été plumée, et finalement toute la poésie culinaire la transformait, avec les petits pois frais et autres jeunes légumes, en un pâté qui allait certainement susciter la convoitise des invités. En effet, cela devait avoir l'air d'un petit lunch léger, mais avec des mets plus raffinés qu'un déjeuner quelconque. Tout ce que l'on avait mis une journée à mettre en place devait disparaître en une heure. Car les choses déjà propres, innocemment propres tous les jours, on les ressortait encore, comme si elles étaient pleines de poussière et de rouille : pour que finalement le laiton ressemble à du feu et que l'argent ait l'aspect immatériel du verre. Et à la fin ? Oui, en réalité la fin d'un lunch de ce genre fait partie des souvenirs les plus durables ; l'être humain sait les apprécier, plus que nous ne le croyons.

Si les traits de l'un sont un peu flous et ceux de l'autre nettement durs, si un troisième se reconnaît déjà à sa démarche pataude, le quatrième à sa voix, qui est plus haute que tout ce qu'on peut lui comparer et qui pourtant semble sortir du sol comme la voix d'un grillon, il ne faut en tirer aucune conclusion. Il ne faut pas se laisser induire en erreur et dire : « Celui-ci, je n'ai pas envie de me donner trop de mal pour lui. Et encore moins pour celui-là. » Chacun vaut au fond que l'on se donne une peine infinie, et nous aussi, nous le valons en même temps que lui. Et aussi que parfois les choses accèdent à leur splendeur terrestre... De même que le son d'une cloche semble aspirer profondément au moment de sonner l'heure, de même la maison aspire à son heure de fête.

Mais une méchante petite joie maligne attendait en cachette. Elle se reflétait déjà, agrandie ou en réduction, dans les boules de jardin. Et si l'on se retournait pour la trouver en vrai, elle riait et répétait sans cesse : « Je ne suis pas là... »

« Assurément », déclara la respectable et par trop sévère matrone, qui à présent était assise juste un peu à l'écart de la table, mais déjà tournée vers elle, « le kouglof que vous vouliez confectionner n'aurait eu aucun sens et aurait été déplacé. Juste parce que nous vivons à la campagne, il faudrait que cette pâtisserie rustique figure sur notre table... un aveugle verrait bien que cela n'a pas de sens. » Cette phrase fut dite sur un ton extrêmement grave, sur quoi l'on se tut, bien qu'il eût fallu répondre quelque chose. La gaîté puritaine de ce tempérament alpestre, qui entretenait les sens avec des herbes et des pierres, ignorait en réalité la contradiction.

Près d'elle, on ne pouvait rien inventer. On ne pouvait surtout rien défendre de superflu, de stupide. Et ce qui était encore plus grave, mais qui heureusement n'arrivait que rarement : on comptait alors sans le dire sur sa cécité et on faisait ce qu'on voulait sans être vu.

Mais s'il y avait un inconnu en surnombre à table,

quelqu'un qui n'avait même pas encore parlé et à peine bougé, elle le remarquait. Elle le remarquait sans le lui faire sentir. Elle savait que ce devait être difficile de mener une conversation aussi explicite. Et elle remarquait aussi quand on s'intéressait à autre chose, uniquement par les sens. Et du fait de sa nature toute droite, elle était comme un petit miroir ardent. Lorsqu'il était obstinément fixé sur les choses et les gens, ceux-ci se mettaient à brûler dans leur sincérité blessée.

Il ne servait à rien que les invités arrivent ; que l'on mesure à quel point la cordialité est sans limites, la joie attentive que l'on éprouve les uns pour les autres dans ces moments-là, que la seule souffrance, c'est que l'on n'en a jamais assez. Il ne servait à rien qu'en cet instant on puisse être vraiment clairvoyant ; que chacun possède son harmonie propre et que chacun ressente celle de l'autre : les regards, mesquins, cherchaient en silence quelque chose d'autre. Et quand bien même ils auraient volontiers pris un morceau de gâteau avec leur dernière petite gorgée de vin, quelle importance. Mais on n'avait pas été autorisé à faire le kouglof, la vieille dame l'avait interdit. D'un autre côté, on se sentait quand même rassuré de constater que personne ne songeait vraiment à autre chose qu'à ce qui était là. Ils hochaient la tête à droite et à gauche, plongeaient leurs couverts dans le pâté, et contemplant le jardin tout autour d'eux, ils disaient que c'était le plus bel endroit de la terre ! La maîtresse de maison avait disparu, les plats avaient été rapportés dans la maison par la servante et la jeune fille, et à côté des verres, il y avait çà et là un petit pain blanc.

L'un des messieurs, il avait agité son chapeau haut-de-forme gris au-dessus de tout le monde, se leva. Un peu penché en avant, il se mit à parler ; comme un petit garçon qui tire doucement sur la ficelle et l'enroule pour ramener le cerf-volant du haut du ciel. « Mon Dieu », dit-il, « je sens qu'on est bien sûr cette terre, que la beauté n'est pas seulement au-dehors, mais qu'elle vient aussi du cœur. Messieurs, buvons à la santé de la solide vieille dame et à celle de la maîtresse de maison. » Celle-ci se tenait déjà devant la porte, le visage rougissant. Elle tenait dans ses mains un grand plat avec un kouglof posé sur un papier rigide. Elle était comme entravée, elle ne pouvait pas lever son verre pour remercier par une petite gorgée bienfaisante. Au lieu de cela, elle fit un petit mouvement en berçant joyeusement son kouglof, et finalement elle l'entama, une fois arrivée à la table, plutôt qu'un discours.

Mais alors il apparut, en se tordant comme un petit dragon : le mensonge sortit en rampant du gâteau. En effet, celui-ci avait été acheté à la dernière minute chez le boulanger, et il ressemblait à n'importe quel autre kouglof au monde. On pouvait encaisser sans un mot, comme elle l'avait fait, l'étonnement qu'il avait suscité ; mais non la franche expression de la vérité, qui en est le vrai cœur.

Mais une personne intègre, justement, aimerait bien réussir une fois à produire extérieurement quelque chose comme un mensonge élégant. Et si de surcroît il n'est pas exprimé en paroles… Mais le gâteau parlait, il était jaune citron à l'intérieur, entièrement. Le couteau y resta planté, il ne pouvait plus ni entrer ni sortir. Et à présent il était tout de même incontestable qu'il venait de chez le boulanger. Ce qui n'était absolument pas à la gloire d'une maîtresse de maison à la campagne.

Elle se tenait là, debout, et ne laissa même pas la servante lui prendre des mains la lamentable pâtisserie jaune safran. Non, on eût dit qu'elle le distribuait effectivement, comme il convenait, à chacun de ses invités, jusqu'à ce qu'enfin la dernière petite miette eût disparu, devant le fin sourire de la matrone.

Le jet d'eau clapotait et jouait comme la princesse avec sa petite balle d'or. Un oiseau mêla son chant à l'air, au point que tous le regardèrent et s'attachèrent à la lettre de ce langage.

Mais alors le temps était presque entièrement passé, ce bon moment. Une petite corbeille au bras, la jeune fille revint à la table, apportant à chaque convive une rose ou une fleur en bouton, comme il s'en trouvait dans le jardin. Son sourire était caché comme le parfum. Et chacun prit la fleur à sa manière et à la manière de la fleur, et la mit à son chapeau, à la boutonnière, ou bien la saisit par l'extrémité de sa tige, comme une chose tout près de se faner. Et tous, jeunes et vieux, que le vin avait rendus bavards, également ravis et honteux de leur parure, retournèrent à la gare.

LE BOSSU

Encore une fois la pièce était seule. Une vieille servante la traversa simplement et ferma les fenêtres. On avait alors le choix d'imaginer n'importe quelle saison entre mars et septembre. Il y avait une lumière rose, une lumière de pluie. Les rues devaient être mouillées. Du moins les toits l'étaient. Le ciel se posait sur eux comme les pigeons qui s'y promenaient, portant en quelque sorte devant eux leurs gorges bombées. On aurait pu croire qu'ils étaient dans la pièce.

Mais surtout il y avait là les cages à oiseaux, ce qui n'est sans doute pas rare dans la maison d'un bossu ; elles avaient été placées devant les baies vitrées à une hauteur telle que, penché sur son travail, on pouvait tout juste les contempler. Mais leurs deux habitants, chacun dans sa cage, étaient recouverts d'une petite étoffe verte. Ils chantaient, à tour de rôle ou ensemble. C'étaient des bouvreuils, qui, comme chaque année pendant la mue, ne savaient plus leurs chants. Et s'ils étaient enveloppés, c'était sans doute pour leur faire retrouver, loin de toutes les idées printanières, les mélodies qu'ils savaient par cœur. On leur avait délié la langue, et le chant de l'un d'eux ressemblait à celui d'une petite fontaine qui aurait réfléchi et décidé de chanter maintenant les chansons que d'ordinaire on ne faisait que plaquer sur les notes de sa musique liquide. À présent, on aurait dit que la chanson redevenait consciente d'elle-même. Puis pendant un instant le silence se fit, et l'on supposait que le chanteur se régalait d'un petit bouquet de salade et que son voisin plongeait sa tête emplumée dans un petit bassin, car la règle veut que sur terre le plaisir soit partagé. Et la pièce frémissait et vacillait un peu, si seule, sensible comme une jeune fille.

Il n'y avait pas de miroir dans la pièce ; – si, en fait, dans un endroit un peu sombre ; et on y apercevait un Enfant Jésus sous un globe de verre. Alors le chant reprit, comme la voix d'église d'une jeune fille enfantine. Dieu, quelle pièce était-ce là. Et comme le soleil y mûrissait aussi. Le sofa avait déployé son jardin de fleurs. Il y régnait aussi un ordre qui faisait penser au début du printemps. Mais il y a des gens qui sont toujours ainsi. Ils obéissent toujours à la première saison de leur âme. Mais il serait très injuste de leur enlever cette sentimentalité. C'est la pure mélodie de leur cœur, c'est leur limpide vérité. Il ne sert à rien de prêcher le contraire, ils en savent au fond plus que nous. Surtout ils ont un lieu à eux. Ce qui était là respirait comme le lierre séculaire d'un jardin. Peut-être était-ce sentimental, mais c'était respectable aussi. Peut-on d'ailleurs faire cette différence sans être parfaitement dépourvu de cœur ? Est-il possible, d'ailleurs, de se plonger dans le savoir d'un être absolument inculte ? Comment il s'est construit à partir des usages hérités et des lois qu'il a lui-même découvertes… Mais malgré tout ce qui pouvait enfermer dans un cocon un peu embarrassant, il y avait aussi de la sobriété. Il y avait un ordre, comme je l'ai dit. Et aussi de la propreté, la conséquence naturelle de cela. Il y avait un vieux pupitre, dont on voyait qu'il servait à la comptabilité. Et à part cela, il restait un coin qui ressemblait à un atelier. Des violons y étaient accrochés, les violons des anges qu'aucun doigt n'avait jamais touchés, peut-être plus que des instruments précieux ; des violons inachevés étaient accrochés là, des manches de violon avec leurs touches et des violons sans fond. On voyait dans le mystère des violons. Il résonnait du haut du mur comme le chant d'un rêve. Non seulement on le voyait, on le sentait : on était dans l'atelier d'un luthier.

Alors une pendule, dont le tic-tac de velours ne s'était pas fait entendre jusque là, se mit à sonner mélodieusement, trois fois. Et comme si l'oiseau y avait retrouvé sa chanson, ou bien comme si ce n'était pas un oiseau mais seulement une antique pendule qui jouait sa chanson pour l'heure achevée, la pièce était de nouveau dans le chant, le chant d'une mélodie populaire pleine de sérénité, à la manière d'une jeune fille.

Et maintenant se développent aussi les odeurs. Cela sentait le bois surtout. Les violons avaient l'odeur du bois apaisé des arbres. Y avait-il parmi eux un bouleau, cet arbre dont s'écoule une eau bienfaisante quand on y enfonce un tube ? Je ne le savais pas, j'en doutais presque, je ne connais rien à la lutherie. J'avais juste aimé l'idée que ce bouleau était un arbre tellement mélodieux…

Donc ici aussi, dans cet univers d'artisan, rempli d'une piété presque enfantine, on faisait entrer les grandes choses dans les choses assez petites pour être saisies, et inversement, les choses petites dans des choses insaisissablement grandes, car les arbres étaient devenus des violons, et les violons des arbres.

Il n'y avait qu'une seule photographie au-dessus du petit établi, un portrait d'enfant. Le petit bossu debout à côté de sa mère. La mère était assise, comme quelqu'un qui veut faire quelque chose par fierté et qui néanmoins en meurt de honte. Et son fils, l'enfant ? Oh, nous n'avons pas besoin de le décrire. Puisqu'il avait une mère, il était à l'abri. Il avait posé sa main sur son épaule et avancé un pied (il portait un pantalon long). C'était sans doute un souvenir de communion, cette petite image. Et de l'autre côté de la pièce, au-dessus de l'Enfant Jésus sous son globe, il y avait aussi un Christ en croix. Ses côtes étaient saillantes, et les bras, se détachant de la croix, laissaient voir les omoplates comme si lui aussi avait été bossu, ce Dieu fait homme. Qui avait bien pu apporter ici ce crucifix, comme par hasard ? Et à cet endroit ? En effet, il se reflétait brutalement dans le globe aux reflets irisés, comme s'il le faisait éclater en mille morceaux de verre, détruisant alors le tendre et gracieux petit Jésus, le Jésus de cire. Cela donnait vraiment à réfléchir. On en venait même à se demander si le clou était bien fixé dans le mur.

Et tout cela, même si entre-temps le fils était devenu orphelin, c'était un lieu à soi, le lieu sûr de cet homme-là. La servante, qui m'avait laissée seule tout le temps que j'attendais, (le luthier allait revenir dans une demi-heure), entra et se mit à me parler. Certes en bougonnant des paroles insignifiantes, mais pour moi il en ressortit néanmoins l'essentiel : ce qui était peut-être dans l'un des tiroirs, écrit ou peint, et que je n'aurais jamais regardé sans permission.

Est-ce que j'allais au cirque, me demanda-t-elle. Ce cirque, qui en quelque sorte étendait son intérêt sur toute la ville comme un chapiteau. On entendait rugir les lions depuis lors, et des éléphants marchaient dans la rue, presque seuls, en plein jour.

J'étais convaincue que ces animaux n'auraient pas fait de mal à la plus petite créature, et encore moins à nous autres humains. Mais la servante bougonne ne pouvait le croire... Du moment qu'on est tellement grand, et avec de telles griffes et de tels crocs. Elle me regarda avec dédain... Son point de vue de domestique avait été troublé quelque part, du fait que je dépréciais l'attitude d'un tel animal – car c'est ce qu'elle croyait que j'avais fait. « Je n'irai pas au cirque », dit-elle encore en manière d'explication. Dieu sait tout ce qu'il y avait encore dans cette conversation. « Pas moi, mais le maître, Jakob. » Mais là, d'un seul coup, elle se tut. Car en même temps tout était tellement à la surface des choses, que même son silence parlait, son silence maladroit.

Car une vie toute entière avec un être humain, cela représente tout. Elle avait eu dans sa main ce petit garçon, cet enfant bossu, maladif, depuis le premier jour ;

et après cela il avait seulement grandi, il avait appris à parler et à marcher, à écrire et à lire, et puis ce métier-là, et finalement il était devenu son maître. Surtout depuis que sa mère était morte. Depuis il lui parlait directement, lui donnant des ordres (ce qu'il avait toujours fait, avec ses désirs d'enfant). Il voulait que les choses soient comme ci ou comme ça, à tel ou tel moment. Elle était la servante, mais en secret elle était aussi devenue comme sa mère. Elle imitait inconsciemment la façon de parler et de penser de la vraie mère défunte. Et de s'habiller aussi, avec une certaine distance. La photographie en était la preuve, de toute évidence. Et tout cela, ce n'était pas pour devenir la maîtresse, mais pour rester la servante. Elle me plaisait de plus en plus à mesure que j'attendais, là, à côté d'elle. Je sentais l'atmosphère de propreté de sa cuisine et de sa chambre. Dieu pouvait y venir à n'importe quel moment. Elle n'avait même pas besoin de vite épousseter son coffre de bois devant lui. La propreté, la position subalterne faisaient en tout cas partie de sa religion. Mais ces deux qualités l'avaient aussi préservée contre une vieillesse humiliante. Elles la protégeaient dans cette vie jusqu'à sa mort. J'avais remarqué cela, et elle sentait que je l'avais remarqué. Et comme je l'avais découvert avant elle, et même en un quart d'heure seulement, j'étais aussi devenue plus acceptable à ses yeux, et elle me regarda de façon un peu plus clémente. Je regardais droit devant moi. Je cherchais une raison de partir. Tout à coup je ne voulais plus attendre le luthier, mais plutôt, comme Monsieur Jakob, aller m'assurer à temps d'une place au cirque.

J'entendais crier des enfants, comme pour battre le rappel. Je jetai un regard dans la rue. C'était vraiment l'éléphant qui passait. La rue semblait se transformer à mesure que cette montagne grise la parcourait, voilà l'impression que cela me faisait. Et d'un autre côté, le monde n'était qu'un petit théâtre pauvre, un cirque minuscule pour cet animal gigantesque. Il faisait naître dans la ville une passion telle qu'on ne tenait plus entre ses quatre murs. Et d'autres gens devaient ressentir la même chose, car à présent, à ce que je voyais et entendais, tout le monde était dans la rue. J'attrapai au vol un air de manège. J'étais saisie d'une sorte de fièvre de fête foraine. Il fallait que je sorte. Je levai à nouveau les yeux vers les violons. J'en désignai machinalement un parmi tous les autres, c'était le mien. Il s'était fait reconnaître. Je souris presque. Je voulais le prendre tout de suite. Mais la servante, qui semblait être au courant de tout, me dit, peut-être d'après l'endroit où il était suspendu, qu'il n'était pas encore accordé. Oui, je voulais bien lui laisser ce soin, s'il pensait que c'était nécessaire. Je partis donc. Je me retrouvai en bas dans la rue avant même de m'en rendre compte. Dans mon esprit, le petit logement s'effondra là-haut comme les cubes d'un jeu de construction ébranlés par un enfant. Il suffisait en effet que se produise un évènement issu de ce monde-là, un évènement encore soigneusement évité, et la vie était anéantie ; la vie de ce bossu. Je le sentais véritablement, dans mon propre corps. Mon sang se mit aussi à circuler par ce grand détour. Et je saisissais les choses de mes petites mains brûlantes, les palpant à la manière des bêtes dont nous croyons qu'elles n'ont pas d'yeux. Si maintenant une danseuse tombait entre ces doigts d'araignée ? Elle pouvait en frémir d'effroi, ne serait-ce qu'en pensée.

Car aimer, ce n'était tout simplement pas l'affaire de cet homme. Le bon Dieu lui avait donné en particulier des pièces propres et agréables à habiter, et une servante et une mère, et tous les violons du ciel. Alors on pouvait bien se passer d'être amoureux. J'étais très énervée et complètement montée contre lui. Je trouvais déjà très imprudents les petits oiseaux. Ces âmes de jeunes filles emprisonnées. À cet instant je n'aurais même pas mis un miroir dans sa pièce. Et en même temps, il en était peut-être tout autrement. Il pouvait nous dépasser tous, être supérieur au monde entier. Quelque chose pouvait arriver, à quoi aucun de nous n'avait pensé.

« Mon Dieu », dis-je soudain ; j'étais déjà arrivée sur le terrain vague du cirque, « si par un merveilleux hasard je me trouvais assise à côté de lui ! » Je réfléchis. C'était bien possible. Il n'y avait plus de places bon marché depuis longtemps, et pour le moment les spectateurs fortunés se feraient attendre, certains d'entre eux ne prendraient leurs billets que le soir. Je comptais même fermement là-dessus. La ville était si petite. Quand il s'agissait de quelque chose d'important, on était toujours le voisin de l'autre. Je croisai un enfant avec un bonnet de carnaval sur la tête. Un homme sortit, qui vendait des petits drapeaux. Je pris mon billet. J'aurais bien voulu maintenant passer là l'après-midi, jusqu'à l'heure de la représentation. Cela me semblait contre nature de retourner chez moi. Mais le monde est si affreusement grand et vaste et négatif, quand on est étranger et qu'on y cherche une petite place, un peu fatigué et lassé. Il y a de la pelouse partout, mais celle-ci est pour les petits spectateurs pauvres, qui de toute manière sont si près du sol et qui depuis des heures déjà ne veulent rien perdre du spectacle pour leurs quelques kreuzers. Ils vivent déjà ici depuis des mois dès qu'ils ont un instant de libre. Moi, en revanche, ne serait-ce que comme adulte, je suis sans autorisation. Les pauvres aussi ont leur royaume et leurs lois.

Et du côté sud, où finalement on avait apposé une sorte de petit banc en bordure de la tente, il soufflait un vent tel qu'on en perdait tout sentiment. Il n'y avait pas non plus une âme en vue. Seul un cerf-volant de papier s'était détaché et planait haut dans le ciel, où personne ne le voyait sauf moi. C'était une sorte de cirque du vent, sa façon de se laisser ainsi fouetter et emporter, inconnu des nuages et de lui-même. C'était un spectacle étrange. J'avais presque peur. La solitude est bien la seule chose qui puisse retenir un être immodeste et le ramener à lui-même. Elle élargit en quelque sorte son espace intérieur, hisse le ciel comme un gigantesque drapeau, et en échange elle abaisse la terre. Il doit alors y vivre, après qu'elle ait soudain été affectée de l'étendue du Tout infini, – la terre – elle est plate et en même temps redevenue ronde. La terre est un géant, la terre est une sphère, sur laquelle nous ne sommes même pas un point.

Je m'étais tellement éloignée, comme un chien j'allai me cacher, usant de mon flair à la recherche de mon ancienne sphère. Et quand on ne fait que chercher ainsi, alors on trouve. C'est sans doute ainsi que les animaux retrouvent leur ancien maître – des chemins apparemment impossibles.

Mais il aurait fallu que je sois une mendiante, ou une marchande d'oranges (je ne pouvais plus devenir écuyère ou acrobate, et pas non plus une pauvre enfant qui se faufile sous la toile de la tente, il était beaucoup trop tard pour cela), juste pour pouvoir passer quelques heures sans dommages sous ce chapiteau dressé sur cette pelouse.

On n'avait donc pas le droit de se promener où l'on voulait. On devait rentrer à la maison, si telle était la règle. Pour moi c'était une véritable réprimande, et sage et soumise, je rejoignis ma place juste avant le début de la représentation.

J'étais assise un peu au-dessous du milieu. Il y avait là tant de têtes qui regardaient, qu'au début tout m'embrouillait.

Une enfant en tutu de tulle rose sur un cheval ! De temps en temps un cri imité sortait de ses lèvres, on remarquait alors à quel point le cirque était silencieux. La musique suivait scrupuleusement l'enfant, elle marchait pour ainsi dire sur la pointe des pieds. Mais alors, lorsqu'elle sauta et se retrouva à côté de son petit cheval, comme un bibelot de porcelaine, une voix du public lui revint et puis une autre et encore une autre. Et parmi les gens qui applaudissaient je reconnus même une voisine. Et devant moi, un peu de biais, comme cela n'aurait pas pu être mieux, était assis le petit bossu. Il était immobile sous sa pèlerine.

La musique ne nous laissa pas beaucoup de temps pour réfléchir. Un lévrier arriva. Il bondissait comme une flèche à travers un cercle de papier. Son poil argenté brillant semblait mouillé par sa vitesse. Il était capable de passer entre les pattes de six chevaux blancs merveilleusement tenus. Il ondulait et tournoyait comme une guirlande de fleurs de l'un à l'autre. Mais soudain il s'arrêta au milieu de la piste et s'inclina, rejetant simplement la tête en arrière. Il était remarquablement fait pour ces représentations, où il s'agissait toujours de beauté. Mais au premier instant où il n'avait rien à faire, il bailla avec un air indicible d'ennui, et un petit morceau de sucre qui annonçait la fin de son numéro le happa, en quelque sorte. Et finalement il disparut. On était libéré, et en même temps on le regrettait. J'étais déjà si heureuse que j'en avais oublié toute intention secondaire de ma séance de cirque. (Pendant ce temps je n'avais pas non plus cessé un seul instant de me faire des reproches.)

En fait, comment pouvait-on vouloir observer une personne pour être informé sur sa nature... Un rire me tira de ma contemplation. Les chevaux étaient seuls à présent. Ils marchaient sur une seule file. Je cherchai. Car je le savais, les rires ne pouvaient pas venir de là. Il devait y avoir une autre raison. Oui, vraiment. Un petit bossu courait derrière ce cortège de chevaux blancs sacrés. Il semblait attaché à leurs crinières aux reflets roses. Et à présent il volait, renonçant depuis le début à se servir de ses jambes.

Le cirque tout entier riait, il riait avec des fifres et des tambours. L'accompagnement de la musique était vraiment fait pour cela. L'angoisse parcourut mes membres. Oui, ils étaient ici, ces gens. Ici le cirque était en eux. Les fouets claquaient, l'un après l'autre, dans l'air, invisibles.

Dans mon angoisse je tournai machinalement mes regards vers le spectateur bossu. Il était encore plus petit, enveloppé dans son manteau, et ne bougeait pas. Si quelqu'un l'avait heurté maintenant, peut-être même par hasard, il y aurait probablement eu un esclandre ; une de ces scènes pénibles dont le monde ne veut pas se rendre coupable. Mais sur la piste le petit bossu se balançait toujours et finit par être comme un cercle, une piste pour ainsi dire. Il devint un cercle, qu'il avait voulu, une piste avec laquelle il se fondit et dans laquelle il disparut complètement à la fin, parmi les roulements de tambour et de grosses caisses et les rires. On ne pouvait plus rien dire, même pas intérieurement, les cris étaient plus forts. Et pendant un instant il fallut aussi s'arrêter de regarder ; on avait quasiment perdu toute relation avec le lieu où l'on se trouvait. On était fatigué, et on avait envie de dormir.

Mais le revoilà tout à coup, le clown, comme ressuscité ; sur le dos de tous les chevaux. Il leur criait dessus, éperdu de fureur. Il voulait à présent qu'ils nagent et sombrent dans cette rage qui se muait en un flot. Venu on ne sait d'où le rayon d'un feu de Bengale intermittent le frappa brusquement. Il ressemblait à s'y méprendre à son frère d'infortune, là-haut dans le public. Le cirque s'était emparé de l'un comme de l'autre. Le premier avait sans doute depuis longtemps quitté son manteau, car il était là devant tout le monde, quasiment démasqué. Mais comme le monde est cruel. Et même envers lui-même. Et pourtant, peut-être est-ce là sa santé, sa seule façon de se ressaisir dignement. Peut-être est-ce en s'exprimant sans réserve qu'il se retrouve. Le tranquille habit du dimanche du luthier n'était pourtant orné que d'une chaîne de montre et de quelques pièces d'or qui y étaient accrochées, sans aucune comparaison avec l'accoutrement du clown. Et les gens assis autour d'eux n'ont sûrement pensé à leur ressemblance qu'en passant. Car le clown avait des touffes de cheveux rouge vif qui se dressaient à la verticale, à droite et à gauche. Et son visage ressortait de façon saisissante sous son chapeau pointu de feutre blanc. Sur les joues et le menton il portait une petite étoile, et sur le front un croissant de lune. Tout cela rapetissait et agrandissait, et trouvait mystérieusement sa place dans son visage. Mais il y avait encore la foisonnante fraise de tulle qui enserrait complètement cet être sans cou, répétant encore une fois le cercle des chiens, des chevaux, son propre cercle. Et après cela, venait l'énorme bosse qui faisait de cet homme grand un homme petit, qui le repliait dans une posture économe. Cette gibbosité, c'était le cirque. C'était le saut que tous devaient risquer, ici, au cirque. D'abord les animaux, puis les acrobates, les funambules et les écuyers ; et puis nous-mêmes, les spectateurs dans le public. Mais aussi en fin de compte tous ceux qui jamais n'y étaient venus, tout le reste du monde. Chacun avait pour ainsi dire déjà été suspendu à la crinière de chevaux volants.

Je restai longtemps assise. Mais même après coup je ne me sens pas capable de rapporter la suite de la représentation –.

Après un grand nombre de numéros extravagants ce

fut alors comme une cérémonie religieuse, quand les vingt éléphants quittèrent ce lieu. Il n'y avait plus besoin de musique. Les gens s'en allèrent.

Et c'est seulement après que les tentes furent démontées et que plus rien en ville ne rappelait le cirque que je retournai chez mon luthier, pour enfin aller chercher mon violon. J'y allai comme si les tentes n'avaient jamais été dressées là-bas, il ne fallait sentir maintenant que le présent, la pièce du luthier. C'était juste une paix du dimanche qui me conduisit jusque là. La menace là-derrière était oubliée. Et pourtant, cela aurait bien pu se faire, que j'y pense encore. Cela aurait même été très possible. Et est-ce qu'alors tout l'épisode n'aurait pas dû recommencer depuis le début ? Mais j'allais seulement chercher mon violon, et dans la maison tout était silencieux, comme s'il n'y avait personne. À peine pouvait-on dire un mot. Tout était suspendu, comme dans un silence de velours. Oui, le bossu lui-même ne faisait pas de bruit, comme pour ne déranger personne. Seule l'heure sonna à la pendule, continuant à vibrer doucement après coup. Il était juste trois heures. Je m'apprêtais à sortir, perdue dans mes pensées, comme on l'était toujours à cet endroit, quand mon regard tomba sur le miroir, le miroir dans l'ombre obscure.

Au-dessous était apposée une petite image, qui venait d'être acquise. C'était un bossu, un clown. Il avait posé une main sur sa taille, s'inclinait, et de l'autre il tenait très poliment son chapeau, pour congédier quiconque poserait encore une question.

LA FILLE

Traverser à pied des régions inconnues où l'on passe devant de petites fermes, ce n'est pas seulement voyager, contempler et passer. Quelque part, des petites vitres bien claires, derrière elles de magnifiques fuchsias toujours soignés, quelque part le couloir d'une maison, sentant bon la propreté, ou encore un banc blanchi devant la maison, tout cela s'imprime dans notre vie comme une belle écriture archaïque.

Certes tout le monde n'est pas ainsi. Il y en a qui s'abîment lentement. Mais ceux-là, qui se sont pour ainsi dire endormis sur leur propriété, d'autres les attendent déjà, qui la relèveront et la rénoveront. Comme leur bien à eux, certes, mais qu'est-ce que cela veut dire, sinon cette chose ancienne et qui est là depuis toujours : la nature a conclu une alliance avec ceux qui sont forts sur cette terre. Ce sont toujours des contrats fermes : elle donne son blé, ses arbres, ses fourrures, bref tout, absolument tout ce qu'elle a. Mais l'homme à son tour ne doit pas seulement prêter ses mains pour un temps. Il faut qu'il donne sa chair et son sang en échange, et même un peu plus que ce qui parfois à ses yeux appartient à la nature ; c'est son âme qu'il doit donner.

Pourtant la nature se contente parfois d'un bail de fermage. Mais les fermiers sont bien trop souvent des gens pauvres, opprimés. Ils travaillent à court terme et viennent et disparaissent comme des ombres.

Et à la campagne chacun voit, à trois pas déjà, si l'autre est propriétaire ou fermier. Au moins cela, sinon bien davantage encore. C'est pourquoi un pauvre est doublement pauvre. Car il ne l'est pas seulement pour soi, mais aussi pour les autres.

Et surtout s'il est plus que pauvre. S'il a complètement fait faillite dans sa personne. S'il ne promet même plus aux autres l'utilité d'un travail. Si la pauvreté s'est faite visible en lui, s'il en est devenu le mendiant, et de la même manière qu'un autre s'efforce avec une sorte d'acharnement de rassembler les pièces de son déguisement pour une farce de carnaval, elle devient de plus en plus parfaite. À la fin il est un mendiant parfait, mais les étapes qu'il doit traverser pour y parvenir ne sont que très graduelles, et c'est à peine si un observateur les distinguerait. Mais parfois (souvent la fin ressemble à celle des lièvres mourant de faim qui s'enfuient et que des oiseaux tuent à coups de bec, et cette vie finit alors avec une grandeur qui semble injuste), mais parfois tout tourne de telle façon qu'on a l'impression d'entendre raconter une idylle paisible, une idylle à propos de pauvres gens, presque comparables à des images de saints, où la plus petite chose touche tellement notre cœur, oui, le touche davantage que les offrandes les plus précieuses des trois rois mages. Mais ces pauvres gens ont du mal à sortir, en tout cas d'eux-mêmes. Il faut en quelque sorte qu'ils soient ramenés dans leur propre vie. Ils sont encore trop habitués à rester assis devant la porte de leur cœur. Et donc, c'est aussi l'affaire de la nature que de chercher l'homme qui leur montrera leur propre lit, leur redonnera à manger leur propre pain, et prouvera avec une simple gorgée d'eau qu'ils ont en eux du réconfort et de la force. Mais naturellement ce hasard providentiel n'est pas miséricordieux au sens où nous l'entendons ; et souvent, puisque ce hasard est omniscient et qu'il suit les chemins qui doivent être suivis, il arrive même qu'il mette simplement en vente ces pauvres qu'il va secourir, et commence par les mettre dans une situation tout bonnement ridicule. Car c'est vraiment comique de voir l'un de ces bons-à-rien égaré dans l'une de ces nombreuses ventes aux enchères du monde, loin de tout.

Il suffit qu'« il », ou cette fois disons « elle », cela revient en général au même, se repose un peu de son voyage sur une route de campagne, et déjà arrivent les acheteurs. « Hum », se dit un jeune paysan plein de santé, d'une santé sans cœur, et évaluant des yeux ce qui pourrait encore être acheté à bon prix, disons, avec une remise, « celle-là, elle a eu son compte. » Et il continue son chemin en sifflotant. Puis une jeune dame avec un monsieur, des touristes, vraiment curieux. Des gens qui ont une maison si bien tenue, si riche et si inébranlable qu'ils considèrent un paysage qui semble leur plaire tout simplement comme la suite et l'environnement de cette maison, et qu'ils se demandent avec étonnement, comme dans un parc où ils voient tout à coup un inconnu qui s'y repose, comment il a bien pu arriver là. Oui, je dirais même plus : inconsciemment, avec leur curiosité, ils cherchent à pousser dehors ce pauvre. Il y a là quelque chose qui n'a pas de solution : « Que s'est-il donc passé ? » pensent-ils ; elle porte une robe, abîmée par les intempéries, qui n'en est pas moins semblable à la nôtre, même si elle est taillée autrement, et qui vue de loin, a le même droit. « Elle a l'air correct, et même, elle semble de notre milieu. Mais son enfant ne le sera jamais. » Et ils ont raison, d'un seul regard ils l'ont évaluée. Puis vient une paysanne, une femme qui parle peu. Elle a ses lois à elle, solides. Elle a planté ses racines dans le monde dont elle est devenue le point central, même si ce n'est qu'en un seul endroit, car en général on ne peut pas être dans plusieurs endroits à la fois. Jamais elle n'irait s'asseoir à côté de celle-là. Elle a seulement vendu son lin en excédent au marché de la bourgade qui la regarde là-bas avec le clocher de son abbaye et sa rue bordée de maisons. Plus de cinquante paires de bas, bien durs par ailleurs pour quelqu'un qui n'a pas marché depuis toujours sur du lin, cinquante paires de bas, même la plus riche des filles de paysan ne peut pas en avoir besoin pour son trousseau, se dit la vieille paysanne, et elle continue sa route. Elle a l'air songeur, on dirait qu'elle a quelque chose au coin des lèvres. Puis viennent des enfants. Ils contemplent. Ils restent debout et cherchant à résoudre l'énigme, deviennent eux-mêmes énigmatiques. Le temps passe. S'il ne se passait pas bientôt quelque chose, la personne là-bas sur le banc aurait bientôt l'impression d'être un pantin de paille pour les curieux (pourtant là non plus il n'y a rien à faire.) Son chapeau est un chapeau de paille blanche, de forme innocente, et on ne saurait parler d'ornements à son propos. Quelques petites feuilles sont encore accrochées à la couronne de fil de fer, et un seul brin de muguet. Sa jupe est de deux couleurs, elle est marron par devant et vert mousse derrière, et tout autour elle est ornée du motif imprimé d'une dentelle depuis longtemps enlevée. Le soleil joue des tours, lui aussi, tout comme les gens. Voilà le porteur de messages montagnard. Et même si d'habitude il ne s'arrête pas de marcher et, comme il le dit lui-même, se repose sur une jambe tout en continuant à avancer avec l'autre, il fait quand même halte et toujours courbé, il regarde de bas en haut ce que le vieil homme qu'il est peut encore regarder. La personne est jeune et en fait elle a l'air presque belle. Il ne lui manque que la chance pour être belle. Mais « avoir de la chance », il le sait bien, « ce n'est pas seulement un hasard, c'est un véritable trait de caractère. » C'est pourquoi il doute un instant. Mais alors voilà que très vite, dans leur conversation, il a déjà eu le geste qu'il fallait. Il l'embauche. « Viens avec moi », dit-il, « chez moi tu pourras te nourrir, toi et ton enfant. » (Elle n'en a pas encore, mais il a peut-être bien raison quand même.) « Tu sais faire la cuisine ? » « Pas bien. » « Pas grave. Tu sais coudre ? » « Pas bien non plus. » « Pas grave. Tu sais traire les chèvres ? » « Pas du tout. » « Pas grave non plus. Et le jardinage, tu n'y connais rien non plus ? »

Elle secoue la tête. « Cela ne fait rien non plus », dit-il avec sagesse ou compassion. « Mais si tu restes chez moi, tu apprendras. Quand tu auras un enfant, tu apprendras. Je te le montrerai, le travail, c'est surtout que tu n'as pas encore vraiment appris, je t'instruirai. » Un vieillard de l'Odyssée n'aurait pas pu avoir une vision de la vie plus sage.

Et lorsque l'ombre s'étendit sur les collines et les montagnes, éteignant la lumière de l'air, cette vie de la fille s'était transformée elle aussi et déjà elle s'affairait, bien que craintivement, comme elle l'était de nature, dans une petite maison. Et le banc était sombre et vide. Pour moi, il pouvait bien aussi s'appuyer sur lui-même. Ou bien la nuit pouvait l'accaparer. Peut-être qu'un ouvrier y dormait déjà ou qu'un couple d'amoureux s'y rencontrait. Une nuit d'été comme celle-ci, après qu'elle a été tout à fait obscure et que tous ceux qui n'y sont pas tout à fait à leur place sont partis, redevient transparente. Peut-être les fleurs rêvent-elles alors qu'elles sont des étoiles. Et peut-être même le croient-elles vraiment, car au matin elles s'éveillent avec une parure de diamants sur le cœur. Et les oiseaux n'ont jamais la gorge aussi fraîche qu'après une claire et tiède nuit d'été.

On ne devrait pas pouvoir passer sans paix une seule nuit, s'il en existait une seule sur terre. Cela, même le bourgeois le plus sévère le reconnaît sûrement. Mais le jour lui-même est alors pareil à ce ciel de mondes frémissants. Donc on n'a pas besoin de la nuit, dit le bourgeois. On croit qu'au matin on pourra voir jusqu'à l'autre bout du monde. En tout cas pour le travail que l'on a à faire, la lumière vaut de l'or. Elle vous prend pour ainsi dire en main, comme si l'on était une cuvette de toilette emplie de bon matin, et un feu tôt allumé. Et comme si l'on était le premier repas, que l'on prend avec sérieux. Mais alors il faut travailler, comme si l'on avait conclu une alliance avec le bon Dieu. Et il faut déjà manquer beaucoup de conscience et de force pour rompre cette alliance et continuer sa route, et toujours se poser n'importe où et finalement s'endormir en plein jour. En effet, oui, la lumière sonne comme une cloche ; elle sonne jusqu'à ce qu'elle disparaisse et que notre continent se détourne et célèbre la nuit.

C'est à ne pas croire, comme tout marche bientôt, une fois qu'on s'y est mis en faisant confiance à la chose et à soi-même. On dirait de la sorcellerie, dans le bon sens du terme. Certes, quand le vieillard mit la veste que la jeune fille avait raccommodée, ce n'était pas un raccommodage à la manière du couvent ni même à la manière des femmes. Mais elle était quand même raccommodée. Et il y avait quelque chose de touchant dans le fait que cela ait eu lieu. On aurait dit un petit écolier qui lit pour la première fois. Cela avançait aussi lentement et de manière aussi peu sûre. Mais cela avançait, et c'était ce qui comptait avant tout. Et avec le temps, il entrait de la pratique dans le travail qui se répétait un peu tous les jours. Faucher allait un peu mieux. Et puis la bique se tenait tranquille pendant qu'on la trayait. Ainsi le seau se remplissait, et à la fin de la journée il y avait des preuves que telle chose s'était passée comme il fallait. Et la cuisine n'était-elle donc pas beaucoup plus naturelle qu'on ne l'avait cru ? Et le vieux, quand une tâche quotidienne était réussie, ne tournait-il pas autour d'elle comme un fiancé ? Elle y était arrivée ! Elle fut bientôt capable de tout faire. Le regard du vieux ne l'avait pas trompé. Et elle était contente, comme personne. Il avait touché juste. Il y avait bien longtemps qu'elle avait besoin d'une petite maison comme cela, loin de tout, avec deux chèvres et neuf poules, un petit jardin tout autour et un pré. Ce vieux grand-père avait sûrement été fait pour elle auparavant, et c'est pourquoi elle voyait en lui, en toute occasion, une bonne providence. Et ce n'est pas une mauvaise façon de traiter les gens. Non, au contraire, c'est une façon céleste. S'il en était toujours ainsi, les gens auraient le sentiment d'une éternité tout autour d'eux. Une éternité, ne la mesurons pas à l'aune de la divinité, mais seulement des étoiles, c'est quand même beaucoup de temps, on peut déjà y commencer et y achever bien des choses.

Et donc il n'est pas étonnant que la pratique devienne habileté, et l'habileté de la propreté, de l'ordre, bref, de la stabilité en quelques mois relativement brefs, si bien que le vieux aurait repris ses courses s'il ne s'était déjà inquiété comme un grand-père des couches de sa jeune dame. « Tu sais », lui dit-il un jour, « j'en parlerai à la sage-femme. Alors on s'occupera de toi. » Et en disant cela, il se tenait déjà près de la porte, avec son grand chapeau à larges bords retroussés, son gilet orné de pièces d'argent et sa longue redingote, et déjà son grand bâton et l'une de ses mains étaient dehors, sur la route de la forêt. « Oui », dit-il, déjà en train de marcher, car comme la plupart des vieilles personnes il n'écoutait pas les autres mais s'adressait au monde immatériel de son âme. En effet celle-ci navigue déjà avec le vieux Charon, alors que l'homme tourne encore des mois, voire des années dans sa maison, oui, trace sa route et à la manière des humains, vaque à ses affaires.

La jeune femme était seule à présent.

Elle s'appelait Julia, et ceci et cela. Il était apparu qu'elle possédait encore un coffre de bois contenant des vêtements, et même un petit capital, dont un facteur lui avait déjà apporté une fois les intérêts. Mais cela ne lui faisait aucune impression. Les choses étaient comme elles étaient, cette unique robe verte semblait quasiment avoir poussé sur son corps. Mais maintenant, à peine le vieillard avait-il disparu qu'un zèle étrange s'empara d'elle. Elle découpa une chemise selon un patron de papier qu'elle s'était fabriqué – (elle ne savait pas encore bien dans sa tête la taille d'un nouveau-né). Puis elle prit une pièce de toile très douce dans laquelle elle confectionna des langes. Entre-temps elle fauchait, trayait, bêchait le jardin et préparait une soupe pour le dîner. Mais lorsque le vieillard rentra, il y avait déjà une pile de vêtements de bébé, terminés ou inachevés. Et le vieillard jeta un regard satisfait sur cette prouesse, car il savait quelque part que pour elle c'en était une ; et cela lui fit du bien, parce qu'elle avait compris le signe qu'il lui avait fait. Elle faisait à présent partie de l'ordre du monde, et le vieillard, s'il n'avait pas été un vieillard, aurait de nouveau dû lui faire sa cour. Car il avait assez d'intelligence des choses pour comprendre que tout cela faisait partie de la pleine réparation d'une existence humaine blessée, même si cette blessure avait été faite par un autre que lui. Il comprenait cela. Car cet être n'en disait toujours pas plus que ce qui allait de soi. Et il en éprouvait de la peine, car elle était encore jeune et avait sûrement envie de parler. Mais elle n'était pas triste non plus. Au contraire : d'avance d'accord avec tout le monde et avec tout ce qui arrivait. Une seule chose lui manquait, qui, bien que n'étant pas précieuse, fait néanmoins partie de la vie des hommes en général : une gaîté sûre, égoïste ; voilà ce qui lui manquait. Oui, elle se le disait elle-même. Il lui manquait quelque chose.

On aurait dit qu'une âme n'habitait ce corps que par hasard. Et l'une et l'autre vivaient séparément, chacun pour soi. Et c'est pourquoi chez elle le faire était si lent à s'accorder avec l'être, et c'est aussi pour cette raison que c'était plus que le hasard qui lui avait fait rencontrer ce messager, très vieux mais encore très solide, comme maître et protecteur.

Un soir le vieillard repartit à pied sur la route de campagne. Mais auparavant il avait fait venir une voisine, mère de dix enfants. Celle-ci fit la traite, prépara du café, du vrai, et en outre elle mit un grand seau de cuivre plein d'eau sur le feu ; sans doute pour baigner l'enfant à venir… Elle examina les quelques pièces de linge. Oh Dieu, la chemise était beaucoup trop petite ! Cette fille était encore si peu humaine, bien que sur le point d'être mère. Mais heureusement la paysanne ne savait pas que la fille l'avait cousue elle-même. Et de plus, le destin avait éduqué cette paysanne pauvre de telle sorte que cela ne lui aurait rien dit, sinon tout au plus quelque chose de douloureux, ou quelque chose qu'elle ne pouvait pas bien comprendre. Oui, c'était ainsi, elle lui aurait encore donné un peu de ce qu'elle avait, aussi difficile que cela eût été pour elle ; et même si cela n'aurait été qu'un échange (ce qui d'ailleurs fut le cas en réalité). Oui, même si finalement (et ce fut le cas aussi) ne pouvant absolument pas se retenir, elle l'avait colporté partout dans le village, allant jusqu'à montrer la petite chemise, la chemise minuscule, inhumaine : cela aurait été malgré tout une bonne action, dont malgré tout la jeune fille lui aurait été reconnaissante.

Car en fait le silence est pour beaucoup une œuvre humaine trop grande, qu'on ne doit pas attendre de la part du premier venu. Et comprendre, c'est d'abord la bouche du discernement, mais celle-ci est liée à la langue. Et la langue – d'ordinaire – (une fois qu'elle a compris) : parle. Ainsi va le monde.

Mais, comme on l'a dit, c'est déjà beaucoup quand la langue n'est pas seulement langue et pas seulement discernement, mais redevient un cœur et une main. Et la fille put donc se réjouir, lorsque la paysanne arriva avec trois petites blouses et deux chemisettes. Car il y avait de la pauvreté des deux côtés, même si ce n'était pas la même. Et la paysanne se croyait en sécurité, à la diférence de sa compagne de malheur. En revanche cette dernière, quand elle commença à ressentir peu à peu le travail terrible de la délivrance, éprouva une sorte d'effroi devant cette mère de dix enfants. La nature déchira la créature, même si ce n'était que par l'imagination de la douleur, en quatre parties. Julia, je dois me résoudre à l'appeler à nouveau par son nom, se tenait par les extrémités de ses membres, par les mains, contre les bords de sa paillasse. Ses pieds, comme ceux d'une morte, étaient tendus. Sa tête regardait en arrière, comme si elle n'était plus attachée à son corps. Mais par moments elle redevenait toute souple et elle était allongée là comme un animal épuisé qui s'endort. Et alors la nature ne fait pas de différence entre une princesse et une mendiante. Et si par exemple la princesse demande un narcotique, il me semble que cela la rend plus périssable que n'importe quelle herbe, qui en se métamorphosant, fait éclater le bourgeon par sa force propre, à l'extrême de la vie et de la mort. Ce n'est pas un hasard si le paysage de la terre est identique à celui du cœur. Dehors, la première neige tombait, tardivement certes, et déjà elle se défaisait, fondant en coulées le long de la route. C'était la nuit, mais comme cette autre nuit d'été, le jour d'une nuit. Seulement un peu plus désolée, comme le voulait au fond la saison. On oubliait de regarder vers les étoiles, parce qu'elles semblaient non seulement lointaines, mais aussi toutes petites. Dans la chambre, tout était d'une certaine façon figé, car dès que d'autres personnes se servent sous nos yeux de nos objets (et d'autant plus s'ils veulent s'en servir pour nous aider), ceux-ci deviennent morts, et sans le vouloir, on imagine comment cela sera ici quand on sera mort.

La porte de la masure s'ouvrit. C'était la sage-femme, elle posa ses affaires. Et le vieux messager, qui voulait aller dans sa chambre, tout content, resta planté devant la porte d'entrée ouverte. C'était comme s'il lui fallait ressortir sur le chemin, pour éternellement rester dehors et marcher dehors. Et il faisait déjà nuit et les étoiles étaient d'une splendeur troublante, sans aucun rapport avec le monde en-dessous. Oh, comme on était seul. Un cri. Mais comme à cause d'une douleur, mais comme quelque chose qui se fend en deux, et le cri de l'enfant apparut sur terre. Il régna sur le monde comme un éclair pendant un instant. Penser et sentir n'est plus penser et sentir. Et si à l'intérieur ne brûlait qu'une seule petite lampe, ce qui maintenant venait au jour – aussi étrange que cela puisse sembler – c'était le noir des ténèbres. Était-ce maintenant la mort ou la vie, on ne savait pas. Le vieillard était assis, bouleversé, au bord de son lit, tandis qu'à l'intérieur de la salle quelqu'un parlait et quelqu'un répondait. Sans doute la sage-femme et la paysanne. Mais au bout d'un moment il y eut quatre et cinq voix, la mère et l'enfant les avaient rejointes. En quelque sorte, elles étaient nées toutes les deux.

Alors le vieux Sepp retrouva ses pieds. Il se remit debout. Puis la sage-femme l'appela enfin en plaisantant : « Seppel, vous avez une petite-fille. » Et aussitôt le sens de ces mots sembla rendre la vie à nouveau habitable. La table au milieu de la salle portait la lumière, la minuscule petite lampe, vers tous les objets matériels alentour, les représentant à sa manière touchante. Le mince rai de lumière qui restait au banc décrivait les fibres bien propres du bois. Au mur on devinait encore la présence de deux tableaux. Et un Jésus au mur, tout argenté à présent, traversait la salle comme une toile d'araignée sacrée. On aurait pu tomber à genoux. Il y a des moments où nous n'éprouvons plus aucune honte pour aucun être humain, où c'est Noël dans l'âme. Mais la naissance c'est aussi la crucifixion et la résurrection, où l'on ne peut que rendre grâce, où l'on ne peut plus dire si c'était la souffrance d'autrui ou la sienne qui a tant fait souffrir. Le vieux Sepp n'osa pas tout de suite jeter un regard vers le lit de sa servante. Et pourtant il le savait bien : c'est là qu'elle reposait avec l'enfant.

Oh, ce fut une telle délivrance. Pour les douleurs de cette angoisse, on ne pouvait qu'aimer cet enfant. Il pleurait pour vous, et en le consolant on se consolait soi-même. Le vieillard n'obéit que lentement à la voix de la femme et la caressa, debout, comme de loin. Et il souleva la tête de la petite créature rouge feu et attira son attention en secouant ses cheveux blancs comme neige. Cela voulait être une plaisanterie ou une sorte de salut. Il s'émerveilla de la petite main impérieuse qui retenait aveuglément ce qu'on lui donnait à saisir, et il pensa qu'il ne pourrait plus guère se libérer. Ainsi fut bientôt conclue une nouvelle alliance, entre un très vieil homme et un enfant nouveau-né. Et la sage-femme et la paysanne purent finalement s'en aller tranquilles, car le vieillard était prêt à accomplir les tâches nécessaires avec la plus grande joie. Il veillait dans la nuit, on pouvait bien le dire. Avec son air ouvert il ressemblait presque à l'un des trois rois mages. Car bien sûr, il le savait bien, cet enfant avait fondé sa maison. Avant, il avait douté pendant de longs moments de la persévérance de sa jeune gouvernante. Mais à présent, il le devinait, elle travaillerait pour l'enfant. Et ce travail était un autre travail. Et c'était le seul qui pouvait devenir ce que le travail doit être : les deux maillons de la vie. Ainsi il guettait leur respiration à toutes deux, la mère et l'enfant. Et si un étranger lui avait reproché cet amour comme un amour calculé, sans amour, cela n'aurait prouvé qu'une chose, c'est que celui-là n'avait rien compris de la vie, car celle-ci n'est faite que de telles cohérences. Elles sont sa nature, sa vie même. Plus un être est noble, plus elles s'y expriment fortement, la plupart du temps. Et c'était comme se réveiller de la mort quand il s'en trouvait de nouvelles, alors qu'elles avaient déjà péri en elle. Et la vie attira bientôt le vieux dans sa nouvelle fonction. Et le travail, qu'il avait en partie négligé mais quand même accompli seul pendant des années, reprit sa place au premier rang, des heures durant et sans beaucoup reprendre haleine. À présent les cuillers refirent véritablement connaissance avec lui, et, maladroitement, les plats et les assiettes. Il allait chercher des choses, certes guidé par la voix faible de Julia, qui depuis longtemps avaient disparu de son champ visuel. La vie le contraignait ainsi à poursuivre ce qu'il avait commencé comme un acte de bonté. Oui, pour la première fois de sa vie il prit un petit enfant, ce petit enfant, dans ses bras. Et c'est ce qui l'étonnait le plus. La créature dormait, dormait. Elle dormait, épuisée d'être née, ou peut-être parce qu'elle se sentait constamment dans la chaleur enveloppante de la salle rustique comme dans le ventre de sa mère, elle dormait jour et nuit, presque sans interruption. Et comme elle ne prit aucune nourriture pendant 36 heures, elle resta propre, presque comme le symbole de la sainte pauvreté. Les oripeaux blancs que l'on appelait ses vêtements, étaient suspendus au-dessus du poêle : aux petits carreaux des fenêtres des gouttes de sueur perlaient et dégoulinaient jusqu'en bas, l'une après l'autre. L'horloge sonnait les heures. Une poule, parce qu'elle n'était pas habituée au silence, entra en battant des ailes par une pièce d'à côté. Quinze jours passèrent ainsi.

Un véritable amour se déploya entre la mère et l'enfant. De l'enfant à la mère, il était encore invisible, comme aveugle. Mais de la mère à l'enfant, si semblable à l'amour en soi qu'on y voyait son incarnation. Mais cela aussi était une erreur. Cela aussi recélait déjà, encore une fois, le germe de cette inconsistance ; celle qui avait peut-être fait de sa destinée une fatalité. Mais quoi qu'il en soit, une alliance avait été conclue avec un être humain, pour toute la vie, et c'est bien là la chose essentielle dans la relation entre une mère et son enfant. L'une et l'autre le savent à chacune de leurs retrouvailles : ce que nous nous disons et nous faisons, c'est pour toujours. Cela ne passera jamais. Même entre les parents et les enfants qu'un sort particulier rend étrangers l'un à l'autre, c'est encore ainsi. Il est tout simplement impossible de détruire cela, en aucune façon.

La paysanne vint pendant trois semaines, afin de vaquer dans l'étable et dans la maison. Car elle vit bientôt que l'on ne pouvait attendre de Julia qu'elle se lève le troisième jour, comme une femme de la campagne, pour laver elle-même les langes. Julia dormait presque autant que l'enfant, elle aussi. Et le premier jour de relevailles, lorsqu'elle se leva pour de bon, elle dut, à sa grande frayeur, réapprendre à marcher.

Marcher jusqu'au banc autour du poêle, c'était

comme se noyer. Pendant plusieurs jours encore, elle ne se risqua pas à soulever l'enfant. Le bon vieillard faisait tout, avant comme après. Elle lui en fut reconnaissante, comme jamais elle ne l'avait été à personne de toute sa vie. Cette gratitude était à présent la vraie source où elle puisait. C'était aussi la seule sorte de gaîté qu'elle manifestait, car elle n'en possédait pas d'autre. La vie devait l'avoir cruellement frappée. Son caractère enfantin aurait pu devenir une sorte de gaîté. Mais il s'exprimait aussi dans son caractère hésitant, craintif devant le moindre geste nouveau, encore étranger. Si un mot était bienveillant, un comportement franc, ouvert, le prochain serait peut-être tout le contraire, pour des raisons insondables. Oh la vie ! comme elle était effrayante. On aurait toujours dit qu'elle-même n'avait pas eu de mère, pas de mari, pas de frère ni de sœur. Comme si on venait de la mettre à la porte la veille. Toujours elle avait cet air-là. Et pourtant elle savait maintenant faire quelque chose, elle savait faire son travail à présent ! Et elle avait aussi trouvé un foyer pour cela. Et pas seulement pour cela. Son enfant grandissait à côté d'elle. Elle s'appelait Maria. Et elle avait aussi un tout petit quelque chose de hiératique, de sentencieux dans la vie. Dès sa deuxième année elle fit preuve d'une obéissance rigoureuse et d'un amour absolu de l'ordre. Ses quelques cubes étaient toujours au même endroit, et si elle devait quitter son jeu parce qu'on l'appelait, elle venait à coup sûr. Elle semblait aspirer inconsciemment aux cohérences de l'existence auxquelles sa mère n'avait pas pu accéder à cause d'une certaine obscurité. Car même si Julia était pleine de bonne volonté jusqu'à l'absurde, elle était sans doute, d'une manière ou d'une autre, ce que les gens appellent ordinairement « bête ». Oh, Dieu sait ce qu'elle était. Une chose était sûre : il lui manquait quelque chose.

Et, ô miracle, le vieux grand-père la traitait comme telle. Il la prenait comme une malade en bonne santé. Mais l'enfant, c'était son petit oiseau fasciné et sa petite fleur. Avec le temps, elle prit la place de ses longues courses à pied, car il était de plus en plus courbé et fatigué. Les lieux où le menaient ses courses étaient de plus en plus proches. Et de moins en moins nombreux les gens qui lui confiaient un message. Par pure bienveillance, comme on fait l'aumône, la commune l'envoyait encore ici ou là, car il avait toujours fait preuve de loyauté et de fiabilité. Finalement il n'accepta plus de missions. Il se promenait autour de sa maisonnette, courbé jusqu'à la mort. C'était chose étonnante que de voir un être si courbé et encore vivant. Mais pour la petite Maria, c'était très bien. Jamais elle n'eut besoin de lever son petit bras plus haut qu'elle ne pouvait le faire naturellement, et chaque fois le vieillard penchait sa tête vers elle. Et même, il marcha bientôt à sa hauteur, comme les mères le font parfois avec amour. Comme ce vieil homme était sage, vraiment. Pourtant il n'était pas aussi absent de lui-même qu'on le croyait peut-être. Car souvent, quand il croisait quelqu'un au milieu de sa route (mais il prenait rarement le risque de s'éloigner car il avait constaté, à sa grande inquiétude, qu'il se retrouvait soudain dans une région inconnue, c'est-à-dire où il ne se reconnaissait pas, et que cette chose apparemment minime qu'est la mémoire le laissait en plan), souvent, donc, quand il croisait quelqu'un, il s'arrêtait, levait les yeux vers la personne en question, ou bien vers le ciel, et lui tenait un discours. Et c'était toujours des vérités qu'il disait.

Une fois, parce qu'il n'était pas non plus exempt de soucis matériels, il déclara devant le crieur public qui lui rendait visite qu'il voulait que la maison reste à cette petite Maria, et qu'après sa mort on la laisse à la mère pour un prix raisonnable. « Car », dit-il formellement, « on n'emporte pas son argent au paradis. » Mais en lui-même il pensait : « Je peux bien faire ce que je veux de mon argent. » Et il prit une disposition étrange. Il légua ses économies à la petite créature. Mais elles représentaient la même somme que le prix d'achat de la maison, de sorte que si Julia achetait son patrimoine, il lui était néanmoins donné. D'une certaine manière cela correspondait à l'état d'esprit du vieillard envers elle. Lorsque cela se sut, on en parla beaucoup dans le village. Cela faisait rire les uns, les autres n'y comprenaient rien. Mais dans la maison, la journée s'écoulait presque aussi monotone que par exemple la journée d'un arbre, une journée uniforme. Toutes les choses nécessaires étaient faites, l'une après l'autre, et c'était déjà comme si rien ne changeait plus. Seul un soleil humain se couchait, peu à peu, peu à peu, et l'enfant grandissait et devenait un être humain, et dans ses yeux il y avait déjà le monde dans lequel elle vivait et pensait. Elle restait assise des demi-journées entières auprès du grand-père, comme si elle sentait que bientôt ce ne serait plus possible, sinon maintenant. Et un petit agneau qui mourait presque de solitude les suivait en bêlant, tendre et mélancolique. Mais lui était presque comme Abraham, qui ne pouvait plus distinguer Isaac et Jacob, si ce n'est que l'un se tenait à droite et l'autre à gauche. Seuls les bras solides de Juliette, car le travail régulier les avait rendus forts, il les sentait, et il se laissait volontiers ramener à la maison par eux.

Un matin, il était encore tôt, il vit la cathédrale de Einsiedeln. Et il chemina vers elle comme sur un chemin de crête, un chemin dans les nuages. Il le fit en paroles. Julia était assise au bord de son lit, les yeux pleins de larmes. Elle vit cet esprit s'enfuir, impuissante à le retenir même avec un mot. Il faut toujours donner raison à la mort.

Elle vit tout à coup ce que jusque là elle avait deviné confusément : après ce départ, elle se retrouvait assise sur le banc au bord de la route de campagne et les gens passaient pour la jauger. Mais elle se doutait que parmi eux aucun n'était Sepp, le vieillard, et que si à présent elle avait appris des choses, ce n'était que pour pouvoir souffrir d'autant plus. Car la nature oblige un manchot à se servir petit à petit de sa bouche et de sa main droite en même temps pour remplacer sa main gauche, à utiliser ses pieds et même son corps tout entier à la place de cette unique main absente, et maintenant, alors qu'il n'en a qu'une seule, soudain, à tout instant, on en exige dix fois plus de lui : à présent elle était comme ce manchot. Voilà ce qu'il en était pour elle : « Pourquoi n'as-tu pas développé ton âme dans ton corps comme un être vivant utile ; pourquoi es-tu si inconsistante ? Crois-tu par hasard qu'on ne pourrait pas t'utiliser alors ? Oh, je te trouve encore assez bonne pour servir d'épouvantail à moineaux, si autrement tu ne vaux plus rien. Oui, assez bonne pour ça… » Et les larmes coulaient sans cesse sur les joues de Julia. C'était la solitude maintenant, la plus terrible, celle qui est causée par le départ d'une personne. Et l'enfant rapportait de la menthe du jardin, comme si elle devinait tout à fait l'impuissance de cette personne. Le mourant se rapprochait de plus en plus de sa cathédrale. Il sonnait avec ses mains comme pour imiter les cloches. Finalement l'église le recueillit en elle. Et bientôt il ressembla au tombeau de pierre, étendu de tout son long et recouvert par la nuit du sommeil éternel.

L'enfant s'éloigna. Mais dehors elle cueillait des fleurs, et lorsqu'il lui sembla qu'elle en avait assez, elle s'assit sur une pierre, entourée de ses fleurs et de ses petites feuilles, et elle attendit, comme seuls les enfants savent attendre. Le soir vint, le crépuscule vint, même l'étoile du soir fut sur la maison de ce bon berger des hommes ; alors elle tomba dans le sommeil, et si Julia n'avait pas connu son endroit favori, elle aurait eu du mal à la trouver.

Il y avait des bougies dans les chandeliers, et un ordre dominical régnait jusque dans les derniers recoins de la petite maison. L'enfant dormait seule dans la petite chambre d'à côté, et le matin elle accourut au milieu des personnes inconnues et ne reconnut pas son lieu familier. Une veillée funèbre de ce genre est chose grave. On ne l'oublie plus de toute sa vie. Et c'est bien. Qui n'a pas vu la mort de si près n'est qu'à moitié un être humain, car la mort aussi fait partie de la vie. On commença par changer les draps du lit, comme si un nouvel hôte devait y entrer, puis on alla chercher de l'eau de source et du vinaigre et un linceul dans l'armoire ; raide et terrible à sa manière. La toilette funèbre commença. Comme le sol de la forêt après de grandes et lourdes pluies, les veines étaient mises à nu, et les os se dirigeaient, s'élevaient pour ainsi dire, vers la seule chose que la mort offre encore au regard. Pour un être tel qu'était Julia la chose la plus humaine était la plus inhumaine ; c'est une chose immense que l'on exigeait d'elle, cette ultime tâche qu'elle accomplissait pour lui. Elle ne manquait pas d'amour, elle aurait assumé tout naturellement des années passées auprès de la couche du malade, mais cette vision-là dépassait sa douleur. Et il fallait aussi être très profondément impliqué dans la vie pour laver et habiller pour la tombe ce vieillard mort. Les jeunes paysannes se relayaient auprès du cercueil pour prier, et les autres allaient dans le coin de la pièce où se trouvait le crucifix et chantaient des cantiques. Cela résonna ainsi à travers toutes les heures du jour et de la nuit, jusqu'à ce que le moment fut venu d'emporter le mort. Il y avait une vie dans la maison, sur la pointe des pieds, seulement la tête baissée. Il y avait là plus de personnes que la maison ne pouvait en contenir, et pourtant ils ne remplissaient pas l'espace. Chacun se retirait à sa place, aussi loin que possible. Et le lien qui s'était tissé entre eux ne les concernait pas, eux, mais le mort. Tous tendirent la main à Julia. Mais le lendemain des funérailles ils n'insistaient plus tellement pour la saluer, et le troisième jour on l'avait oubliée. Et ce n'était pas parce qu'elle était une étrangère ni qu'on la méprisait à cause de son enfant. Non, précisément dans cette contrée on était dans la misère comme le fer dans les tenailles ardentes du forgeron, et personne n'avait bien le temps ni l'envie de parler des autres et d'y penser. Non, c'était parce que tous sentaient qu'elle n'était pas un être humain. Si d'elle-même elle avait été en accord avec le monde, ou même seulement avec elle-même, elle aurait trouvé l'amitié des voisins. Mais ainsi, ce qu'il y avait de solitaire à l'intérieur d'elle-même le resta aussi pour l'extérieur.

Deux femmes arrivèrent, deux indigentes vivant de la bienfaisance publique. Elles voulaient louer l'une des chambres devenue vide. Elles n'étaient de bonnes âmes ni l'une ni l'autre. Elles n'avaient rien de la bienveillance du vieux. Mais Julia les accepta. Elle avait un plan. Elle signa avec elles un bail de fermage et leur laissa la maison contre une redevance minime. Puis elle confectionna des petites robes pour l'enfant, des robes qui non seulement n'étaient pas trop petites, mais qui semblaient avoir été prévues pour être portées plusieurs années, et pour elle-même, elle remit à neuf ceci et cela.

Comme la pauvreté est vite prête pour le voyage. Deux petits baluchons et quelques vêtements du dimanche, ce qu'on a sur le corps, et rien n'est oublié. Dans la maison on peut tout embrasser d'un seul coup d'œil, où cela se trouve et dans quel état. Les buissons de fleurs peut-être, et les misérables petites plates-bandes du jardin sont les seules choses qui cherchent à retenir, avec leurs yeux pleins de couleurs. Car qui sait, quand règnent la dureté et le refus, si on ne commence pas par haïr en premier les fleurs.

Mais il y a des adieux qui ne souffrent pas de discussion. Après quelques arrangements et l'une ou l'autre instruction on quitta la maison. La petite Maria entra dans le monde encore inconnu d'elle comme si elle était en verre, et sa mère semblait avoir presque oublié la bourgade qu'elle avait traversée des années auparavant lors de son voyage, et le banc où elle s'était reposée. C'était à nouveau le printemps, l'air semblait filer à toute allure, comme un cheval allègre, à travers le monde, un vent joyeux. Il ne faisait pas mal aux grands sapins, n'infligeait aucune douleur ni à une petite fleur ni à un pauvre homme. Au contraire, tout s'éveillait. C'était le bon jour pour prendre une décision, c'était la page nouvelle, ouverte, encore blanche d'un grand livre de légendes sacrées. La petite Maria pouvait y entrer et disparaître au milieu des lettres et des gloses. D'abord elles entrèrent dans l'église où la clochette de messe se mesurait à la petite voix d'argent de l'enfant. Car celle-ci ne savait pas encore qu'on devait faire silence dans une église. Pour Julia, cette église était comme l'antichambre du couvent où elle voulait placer son enfant pour des années. En sortant elle se dirigea vers une petite porte et sonna pour appeler la préfète. On comprend vite des paroles simples. Elles furent également brèves, comme devaient l'être les adieux, un peu plus pauvres, car tout ce qu'elle avait encore comme biens personnels, elle l'avait donné en dépôt. Tout alla si vite que la petite créature ne put que jeter un regard autour d'elle, pour ainsi dire. Et sa mère était partie. Et tout était comme gravé sur un panneau de bois ancien. Là il y avait un dortoir, et là une école. Et quelque part il y avait encore un jardin, et à l'autre bout il y avait un réfectoire. Et partout c'était l'église, même dans le dortoir. Mais elle pouvait l'attendre n'importe où, sa mère n'était nulle part. Maria était une enfant préparée d'avance à son destin. Elle sentait que c'était sa mère qui avait fait cela, et donc elle ne pleura pas. Et même, après quelque temps elle ne penserait même plus à sa mère, elle deviendrait une minuscule moniale. Mais elles, les nonnes, la consolèrent et pleurèrent pour ainsi dire dans leur propre sentiment ses larmes non versées. Bientôt elle apprit à lire et à écrire, et la parole de la conversation et celle de la prière. Et elle apprit à chanter, et à broder des dentelles sur de la toile, et mettre de l'ordre et s'occuper d'une pièce, et même d'une maison. Elle serait certainement devenue sœur converse, si les nonnes ne lui rappelaient pas sa mère d'une certaine manière. Et comme après tout on ne lui apprenait pas à l'oublier, elle ne l'oublia pas. Cela faisait partie de sa nature. Elle était ainsi devenue une tour d'obéissance et d'éducation uniforme. C'était un petit miracle. Comme une chose sainte dans un tombeau. Mais malgré cette absence de vie, qu'elle aussi avait héritée, c'était pourtant une puissance en soi, qui incarnait l'esprit de son arrière-plan tout doré, l'Église. Et malgré sa grande innocence elle devait sentir cela, sinon elle n'aurait pas été justement comme cela. La préfète, qui autrement était toujours grave, souriait chaque fois qu'elle la voyait. Et peut-être que dehors sa mère ne vivait pas comme elle devait, et qu'elle oubliait la petite croix sainte dont son Dieu lui avait fait cadeau. Ou bien elle ne connaissait pas de Dieu et ne lui rendait jamais grâce, jusqu'à la fin de sa vie. Mais les nonnes n'en parlaient jamais. Et encore moins à l'enfant. Et c'était bien. Que peut-on savoir, en effet. La détresse d'une âme est souvent un combat à mort. Alors que nous sommes loin et faisons des suppositions, le tronc arrache ses racines de la terre, de lui-même, en quelque sorte. Ah mon Dieu, le pauvre être humain ! Car il ne meurt pas dès qu'il est déraciné. Il parcourt le monde comme marqué d'un signe, et sait qu'il n'a pas de lieu où reposer. Sans avoir commis de meurtre, il est Caïn.

Une seule chose est sûre : Julia se rendit dans l'une des grandes villes et se mit en quête de ses anciens amis. Mais ceux-ci ne l'étaient plus. Leur manque d'intérêt et d'amour n'avait pas permis de surmonter la durée d'un tel éloignement et d'un tel changement. Tous parlaient sans l'entendre et inversement. De plus Julia avait besoin d'un travail. Et ainsi il lui fallut aller plus loin, où il y en avait. C'est ainsi qu'elle revint dans une petite ville. C'était une époque où tout le monde cherchait une vie nouvelle, comme une grande migration. Mais Julia n'était pas très entreprenante, elle ne partit pas pour l'Amérique ni pour Jérusalem. Un atelier de tissage embauchait des ouvrières non qualifiées. Elle fit partie de celles-là. Et elle fit ce travail pendant près de dix ans. Déjà on la comptait parmi les ouvrières de l'usine, calme et peu exigeante comme elle était. Car le fait qu'elle soit si inconsistante ne pouvait que convenir à une usine, laquelle était même quasiment faite pour une femme si dépourvue d'âme et de corps – ce qui était bel et bien son cas. Et le fait que cette personne n'ait jamais rien dérobé, ni qu'elle ait jamais gardé pour elle un modèle raté sans véritable permission, cela aussi paraissait un miracle. On appréciait aussi le fait qu'elle ne demanda jamais à être transférée sur les métiers où l'on fabriquait des motifs de fleurs et de guirlandes. Elle travaillait sur le métier gris, une fois pour toutes. Et jamais elle ne se mêla à aucune dispute, jamais elle ne se lia d'amitié. Mais ce n'était pas qu'elle était triste, non, on pouvait la qualifier de satisfaite, d'une façon primitive. Elle savait bien, une fois pour toutes, qu'elle n'était pas autonome, ni, d'une certaine façon, indépendante. Et si la mort l'avait ainsi enlevée à la petite maison et au petit jardin, il fallait qu'elle se cherche un autre toit. Et comme elle ne pouvait espérer trouver partout un ami aussi vieux ni aussi bon, qui non seulement la prenait sous sa protection mais aussi l'enfant, il fallait bien qu'elle trouve à la mettre à l'abri, à sa manière. Telle était sa situation. Et c'était un miracle qu'elle eût compris cela, et un miracle encore plus grand, qu'elle agisse en conséquence de ce qu'elle comprenait. Certes, personne ne vint troubler cette seule harmonie qu'elle possédait encore. Mais dans son enfance et sa première jeunesse, avant même d'être née, dans l'existence sans repos de ses ancêtres, elle avait déjà dû être brisée et asservie, et usée jusqu'à l'épuisement. N'était-ce pas là un ange, qui lui joignait simplement les mains de cette manière ? Et qui au bon moment, comme un parfum de fleur, lui ordonnait de le suivre aveuglément, avec les simples expériences de ses faiblesses ?

Oui, qui la faisait construire en prévision de l'avenir ? Car seule elle n'en aurait jamais été capable – seule il lui manquait déjà toute l'énergie qu'une autre personne ou une institution pouvait avoir à sa place. Seule elle n'aurait jamais réussi à vivre sans maître dans cette petite maison de paysan, à élever son enfant. À peine aurait-elle pu comprendre le sens de cette éducation ; car au fond, du fond d'elle-même, la vie pour elle était vide et fade. Oui, même avec les autres il en était encore ainsi, mais alors elle supportait cela avec patience, avec une gratitude amicale, comme le cadeau d'une personne chère, dont on aurait pu se passer.

Certes, ce savoir n'était pas le savoir d'un jour ni même d'une seule nuit d'amour déçue, même si l'expérience la plus insignifiante de son enfance aurait déjà pu lui apprendre qui elle était et ce qu'elle était. Ce n'était pas un évènement soudain qui l'avait instruite. C'étaient toutes les heures de sa vie réunies qui le lui avaient dit très clairement : tu es maladroite jusqu'à la balourdise, endormie au sens le plus profond du mot. Tu es sans amour, même si tu es patiente et presque bonne. Car j'ai tué ton amour dans le givre du printemps. Et sans amour un être humain ne peut pas vraiment vivre. Et pourtant moi, la nature, je ne veux pas te laisser périr. Tu dois vivre jusqu'au bout qui tu es et ce que tu es, et qui sont les autres et ce qu'ils sont. Et il y a même quelque chose que je veux t'accorder et t'apprendre. Mais cela non plus ne doit pas t'enrichir à proprement parler. Seule la pauvreté et ce qui t'est refusé doit t'appartenir, ce qui est impossible à ressentir et qui n'est jamais reçu. Telle est mon intention, et tu devras lui rester fidèle. Et cette fidélité sera, si l'on veut, ta seule victoire.

C'était cela que son destin avait décidé pour elle. Indiciblement dur et pourtant clément, enlevant, refusant et donnant à la fois, et même répandant sur elle à profusion. Car avoir un tel savoir est un grand don. Certes, elle plongeait souvent ses pensées dans son tissage gris, songeant à cette unique route de la petite bourgade et au banc, oui, au banc. Et au vieux et à la maison. Mais sans impatience, avec le temps s'écoulant peu à peu, elle tissait tout cela, jusqu'à ce que la route devînt finalement une route, que le banc la laisse passer sans encombre, et que le couvent de son enfant lui fasse signe comme une broderie pieuse. Elle eut la chance qu'après ces années écoulées ses deux pauvres locataires furent obligées, à cause de leur grand âge, de prendre pension dans un hospice. Elle put donc emménager sans avoir à lutter. Mais avant cela, elle alla sonner chez la préfète, pour venir chercher son enfant. Elle savait comment elle était. Elle l'avait tout à fait imaginée ainsi. Comme elle était là avec sa petite valise, adulte et pourtant restée enfant. Mais une enfant pure, inflexible, dont on avait changé la faiblesse en force. Il ne fut pas nécessaire de faire des adieux solennels à la préfète, car pour le moment, la séparation signifiait pour ainsi dire le passage d'un couvent à un autre. Et il n'y eut pas non plus de baiser échangé au moment des retrouvailles entre la mère et l'enfant, mais à la place elles se témoignèrent une sorte de respect. Un baiser, c'est une chose qui a sa place à la fin de la vie.

SUSANNA

Nous étions enfants, et nous jouions jusqu'à l'épuisement devant la fenêtre ouverte. Le jour n'était pas encore parti, mais pour nous l'heure du repos était venue.
Ma sœur parlait fort.

Alors une autre fille entra dans la pièce. Ses cheveux étaient bruns, en longues tresses. Sa robe grise, son tablier gris. Nous fûmes obligées d'être moins bruyantes : l'inconnue semblait si raisonnable. « On m'a dit qu'il y avait des enfants dans la maison, est-ce que je peux jouer avec vous ? »

Nous nous mîmes à jouer, et quand l'horloge sonna huit coups, elle ramassa son ouvrage de tricot et repartit chez elle.

Là-dessus notre mère rentra à la maison, et nous lui dîmes : « Susanna était là. »

Pendant ces années-là il m'arrivait d'innombrables fois de rester assise contre le mur de la maison, du côté du jardin, et j'entrais en rêvant dans les charmilles avec ma poupée.

Un jour, comme je trouvai notre porte fermée, j'allai dans l'appartement du dessus.

Susanna était là. Elle était debout près de la fenêtre de la cuisine et gommait un dessin.

Sa mère coupait du pain pour une longue tablée, chacun son morceau à sa place.

Je la vis cette fois pour toujours : grande et maigre, le visage sombre, et d'une seule couleur, noir, sa robe. Elle m'offrit avec bonté une tartine de pain, pour le dîner. Puis je repartis.

Au moment de la dernière visite, Noël n'était plus loin. Sur la table une lampe projetait une lumière verte. La famille était assise autour. La mère tricotait, les frères dessinaient. D'autres feuilletaient des magazines avec des images.

Le père, je ne le voyais pas encore. J'allai donc tout de suite vers l'homme le plus grand et je lui demandai à voix basse : « Guéris-moi cette poupée, sa tête est tombée. » Et puis il y avait là quelques petites images sur le guéridon de musique, il m'en fit cadeau et les colla sur la première page d'un album. On parlait toujours en chuchotant. Rarement quelqu'un avait quelque chose à dire aux autres. Et jamais je n'eus l'idée de parler à voix haute. Une fois seulement je ris tout en raclant le sol avec mon pied. Alors l'homme se leva au bout de la table et abaissa sa chevelure blanche vers moi en rugissant : « Silence ! »

De nouveau pour moi tout fut effacé jusqu'à ce que

ma chère maman me dise : « Maintenant tu peux remonter là-haut, Susanna est là. »

Je regardai en l'air et me posai une question en pensée.

« Elle a eu la scarlatine, elle est alitée. »

Il y avait là une chambre à deux lits. Susanna était couchée du côté de la fenêtre. Ses yeux étaient encore tout à fait comme avant et ses longs cheveux bruns. Mais ses joues étaient pâles.

Jour après jour je restai assise à son chevet, et nous bavardions de la même manière qu'avant. Il y avait aussi ses frères ou ses sœurs qui se relayaient dans sa chambre, ou bien des voisines lui faisaient une visite pour la distraire.

Et quand le silence était revenu dans la chambre avec la paix ancienne, je tirais souvent un petit cadeau de ma poche, un de mes petits trésors, que ma mère y avait mis pour elle.

« Tu aurais bien voulu l'avoir à toi ? » me demandait Susanna chaque fois, avant de tendre la main vers lui. Mais mon plaisir pour elle était si clair que nous possédions tout en commun.

Un jour que j'entrai à nouveau dans le salon, je l'y trouvai assise dans un coin de son canapé. « Elle va visiblement mieux », me dit sa mère. Mais je trouvai Susanna silencieuse et un peu triste. Après qu'un peu de temps se fut écoulé, ses sœurs la ramenèrent dans sa chambre. Elle marchait comme une vieille femme et même son aspect avait changé. Oui, je voyais à cela qu'elle n'était pas gaie. Lorsqu'enfin elle reposa sur ses oreillers, elles lui parlèrent d'un fauteuil roulant qu'on voulait lui acheter pour sa convalescence.

Les médecins vinrent. Deux hommes grands, aux cheveux noirs, et je crus que c'était l'homme aux cheveux blancs qui lui avait fait cela.

Je descendis pour jouer à *Dame Holle* au bord de la fontaine qui se trouvait devant le jardin. Quant à « Susi », c'est ainsi qu'ils appelaient ma camarade de jeux, je ne montai plus chez elle pendant des semaines.

Un matin de printemps, de très bonne heure, ses sœurs me rappelèrent. Susanna était assise toute droite dans son lit, avec ses petites joues brunes, et elle manipulait de petits bouts d'étoffe de toutes les couleurs en chantant. Nous étions tous tellement contents. Le soleil n'était pas encore brûlant, il illuminait notre âme.

Alors une petite fille du voisinage entra chez elle. Elle apportait une poupée aux membres délicats, avec une petite veste tricotée et un petit chapeau et d'autres habits de poupée joliment cousus, comme si c'était un cadeau. Mais ce n'en était pas un. Elle me repoussa du lit et se produisit devant Susanna. Son habileté m'agaçait en même temps que son agitation. Je ne pouvais m'empêcher de penser sans cesse à ses cheveux roux.

Elle se tourna vers le soleil matinal et dit : « Susanna, c'est ton anniversaire demain ! on ne va pas te le fêter ? »

Susanna se tut. Mais sa mère entra par le salon en souriant, et nous comprîmes alors que nous allions tous nous amuser.

La voisine ramassa avec satisfaction ses affaires de poupée et s'en alla.

Là-dessus la mère s'assit auprès de Susi au bord de son lit et lui parla de la journée du lendemain.

« Bien sûr, nous laisserons la porte ouverte pour toi. »

La journée passa, et le matin arriva et fut aussi beau que le premier.

Il y avait des boutons d'or et des myosotis sur la commode et toutes sortes de cadeaux. Le bouquet de fleurs avait été composé par les frères de très bonne heure, loin de la ville, et la table aux cadeaux dressée avec une joie secrète, avant que Susanna n'ouvre les yeux. On arrangea sa couche avec des draps blancs de fête, et ils tressèrent des rubans rouges dans ses cheveux.

Elle avait entre les mains un livre de contes qu'elle aimait lire à tout moment. Ils étaient tous silencieux. Chacun avait son occupation.

Avec ce livre arriva l'après-midi, et ses treize invités étaient assis en vêtements de fête et tabliers blancs autour d'elle et bavardaient. Ils racontèrent des histoires de l'école et jouèrent aux gages et ensuite se régalèrent avec une gaieté sans mélange.

On avait complètement oublié que Susanna était malade. Les enfants amenèrent bruyamment des chaises et au son d'une marche, ils se lancèrent dans un jeu endiablé en tournant tout autour.

Lorsqu'on les poussa doucement hors de la chambre, le père, un homme vieux et grand, rentra à la maison avec une énorme boîte dans les bras. « Devine, Susi, ce qu'il y a là-dedans », lui dit-il. « Ce n'est pas pour moi, si ? » dit Susanna d'un ton mal assuré, avant de pouvoir imaginer quoi que ce soit. Il en sortit une grande poupée aux cheveux blonds, avec un collier bleu et une petite chemise richement ornée.

Puis il retourna dans son cabinet. Les enfants dirent au revoir à Susi presque aussitôt, et chacun lui souhaita encore une bonne santé.

Susanna tenait faiblement la poupée dans ses mains. Elle l'emballa nerveusement et la posa au pied de son lit.

Puis elle me tendit la main, pour que je parte ou que je me taise ou que je n'y pense plus. Mais la poupée me regardait, froide, à travers le panneau de bois, et je ne bougeai pas tandis que Susanna s'endormait dans la sueur et les sanglots.

« Susanna va mourir. » Nous savions cela, elle et moi, par la poupée.

Quelqu'un rabattit vivement la couverture, changea des linges et ramena Susi dans un sommeil paisible. Mais la poupée tomba et se brisa.

Ma mère m'appela pour le dîner. Lorsque j'ouvris inopinément les yeux dans le noir de la nuit, il me sembla que quelqu'un pleurait au-dessus de moi, dans la chambre de ma Susi.

Le matin, de très bonne heure, je fus de nouveau auprès d'elle. Avec un son muet elle me désigna du doigt une veilleuse à huile ; elle voulait qu'on l'éloigne d'elle. C'était facile à comprendre. Mais elle n'avait plus de langage. Là-haut tout devint encore plus silencieux qu'avant, afin qu'elle ne puisse pas penser qu'elle était muette.

Elle devint sourde. Elle ne maîtrisait plus aucun de ses membres. Et ses yeux s'éteignirent.

Le père allait et venait à travers la chambre, courbé jusqu'à la mort.

Alors j'eus envie de tout oublier et j'allai m'asseoir avec mes jouets comme avant, contre le mur de la maison, vers le jardin.

À un moment notre servante me courut après, les yeux rougis de larmes et me dit : « Susi est morte. » Je le savais maintenant et j'allai dans la rue pour attendre ma mère.

Elle était plongée dans une conversation animée avec une dame, mais je les dérangeai et je dis : « Maman, Susi est morte. »

Son effroi me suffit. Elle rentra en courant à la maison, et la dame fit demi-tour d'un air pensif. Elle leva les yeux vers les volets clos.

Mais ma douleur n'était pas encore guérie.

Ses frères et sœurs se tenaient à l'autre portail. Je le leur dis également. Ils jetèrent leurs livres de classe sur le pavé et se précipitèrent dans la maison. Et ma sœur Helene arriva. « Tu sais, je l'ai dit aux enfants, à tout le monde. Susi est morte. » Elle pâlit, puis me dit avec ménagement : « On ne dit pas qu'elle est morte, on dit qu'elle est décédée. »

Puis elle parcourut la rue dans tous les sens avec moi en parlant d'autre chose. Elle était comme moi, l'âme troublée.

Déjà ils m'étaient tous devenus étrangers, les gens de la maison. Je me postai près de la fenêtre de leur palier, et je contemplai les gens en deuil qui entraient et sortaient, et les couronnes. Et les cartes de condoléances qui tombaient dans l'urne, tout ce qui autrement était loin de mon cœur.

Sa mère sortit grande et noire, et me demanda en pleurant : « Veux-tu voir Susi une dernière fois ? »

Elle était couchée dans son cercueil. Je le savais. Je me secouai et descendis en courant dans le jardin.

Ma poupée gisait contre le mur de la maison. Susi était toujours tellement gaie. Je pensai à elle.

Alors un cortège d'écolières habillées de noir tourna au coin de la rue. Une voiture les précédait.

« Susanna est au ciel maintenant.

Mais Helene elle aussi sera absente jusqu'au soir, le cimetière est tellement loin. Les cloches sonnent. »

« MAIS MOI JE SUIS LA SOLITUDE... »

Regina Ullmann, née en 1884 à Saint-Gall, en Suisse, morte en 1961 en Haute-Bavière.

Entre ces deux dates :

Une jeune femme élevée dans une famille juive aisée plutôt pratiquante, jusqu'à la mort prématurée de son père (industriel ou commerçant en dentelles). Elle sera rayée en 1936 de la Chambre des Écrivains nazie, et obligée de quitter Munich, où elle vit, pour poursuivre en Autriche et en Suisse une existence précaire.

Une enfant souffrant de graves troubles (dyslexie, dysphasie), au point qu'elle passe pour « attardée » et qu'elle est scolarisée dans une école spécialisée. Elle écrit de petites histoires, des poèmes, mais elle subit aussi toutes sortes d'humiliations pour sa gaucherie, sa lenteur, sa différence.

Une jeune fille originale, installée avec sa mère et sa sœur à Munich, qui à l'époque est l'une des capitales européennes de l'avant-garde. Elle suit des cours de littérature et d'histoire de l'art, mais surtout elle fréquente les cercles intellectuels, artistiques et littéraires de Munich. C'est là qu'elle fait l'admiration de grands écrivains comme Musil, Hesse, Carossa, et surtout de Rilke, avec lequel elle entretient une longue correspondance de quinze ans. Non seulement il fera toujours son possible auprès de ses propres mécènes pour lui procurer les soutiens financiers et moraux qui lui manquent totalement, mais il la considère quasiment comme son égale en poésie. Après sa mort, elle occupera quelque temps sa dernière maison de Muzot, dans le Valais.

La mère célibataire de deux filles « illégitimes », nées de deux pères différents, dont le sulfureux psychanalyste Otto Gross ; elle les confiera dès leur naissance à des familles d'accueil à la campagne, étant elle-même dans l'incapacité de les élever, sans pour autant les abandonner (Camilla, la fille de Gross, veillera sur ses derniers jours et l'accompagnera jusqu'à sa mort).

Une femme étrange, qui parfois monte dans le premier train venu, descend au hasard et marche dans la campagne pendant des jours. On dit parfois qu'elle possède une sorte de don de double vue.

Une femme vivant à la campagne, près des montagnes de son enfance, dans un extrême dénuement, cherchant vainement à gagner sa vie dans des occupations plus ou moins symboliques comme la fabrication de cierges, l'apiculture, le jardinage, la broderie… un mode de vie quasi monastique, par sa sobriété ascétique, accepté sans être vraiment choisi, un certain esthétisme de la vie simple aussi.

Une juive convertie au catholicisme, qui passera les derniers mois de sa vie recueillie par des religieuses dans un couvent bavarois. Une religiosité baroque, franciscaine, nourrie d'histoires bibliques, et très peu dogmatique.

Un écrivain que les autorités culturelles suisses auront reconnue, à la fin de sa vie, en lui décernant des prix et en la faisant citoyenne d'honneur de sa ville natale.

Une femme au visage déconcertant, dont Lulu Albert-Lazard, l'amie de Rilke, a fait plusieurs portraits : traits rudes, attitude raide, yeux asymétriques au regard fixe et comme habité, un peu inquiétante parfois…

Une conteuse, orale, dont tous ceux qui l'ont entendue rapportent le talent, voire le « génie », ses flots de paroles éruptives rompant un long mutisme parfois dérangeant, son rire rauque, son ton quasi prophétique, ses silences…

Et l'auteur de poèmes, de nombreuses nouvelles dont le recueil *La Route de campagne*, paru en 1921.

Une collection de clichés, pourrait-on-croire. Et qui plus est, de clichés disparates, voire contradictoires. Quel peut bien être le lien, la cohérence entre ces images, ces moments de vie épars ?

Sans doute peut-on trouver dans l'œuvre, et particulièrement dans *La Route de campagne*, des éléments isolés, comme éclatés, de cette biographie hétéroclite. Des montagnes, des forêts, une vie rurale qui rappelle la Suisse de son enfance – mais comme stylisées, hors du temps, un décor mental plus que de vrais souvenirs. Des moments d'enfance, en revanche, criants de vérité, où la femme adulte qu'est devenue Regina Ullmann revoit, revisite, revit des épisodes d'autrefois – dont certains sont attestés, comme la mort de Susanna, la petite voisine, qui l'avait fortement impressionnée. C'est elle aussi, la femme qui marche sous un soleil brûlant sur une route de campagne poussiéreuse. Et dans *La fille*, qui raconte l'histoire d'une mère qui confie son enfant à des religieuses car elle se sent incapable d'assumer son éducation, c'est encore un moment crucial de sa propre existence qu'elle place dans une histoire étrange par ailleurs. Si la tentation est grande d'y voir une sorte d'autobiographie partielle, l'énigme de cette vie reste entière à la fin.

Mais le lecteur qui entre dans l'œuvre par la première des nouvelles, celle qui donne son titre au recueil, ne sera pas moins déconcerté. Il entrera dans un univers poétique, métaphysique, qu'elle oppose au monde banal des mœurs et des coutumes, de la morale quotidienne et de l'indifférence. La femme qui marche sur la route de campagne est littéralement épuisée, sans forces, sans nourriture, sans ressources, sans passé ni projet, si ce n'est de trouver un lieu où faire une pause et de préserver sa solitude. Cet itinéraire est ponctué de rencontres, certaines apparemment anodines – un mouton, des paysannes, une charrette de forains… – d'autres inquiétantes – un affreux cycliste – jusqu'à des visions célestes sorties tout droit de peintures anciennes, comme la Nativité de la Vierge au milieu des nuages… C'est lorsque la paix semble s'installer, avec toute la beauté et la douceur de la nuit, que la douleur va faire irruption dans le récit, en la personne d'une femme bavarde, vulgaire, qui jette en quelque sorte son propre malheur à la figure de la narratrice, laquelle doit alors (pourquoi ?) abandonner ce lieu de repos.

Cette nouvelle, la première du recueil et la plus longue, fait office d'ouverture. Non seulement un certain nombre de thèmes importants y sont déjà traités, comme la solitude, le dénuement, le lien essentiel avec la beauté du cosmos, le silence, et l'agression par la laideur et la banalité, par l'absence de compassion et de bonté. Mais l'auteur lance des passerelles vers les autres nouvelles, sous la forme de personnages et d'objets récurrents : le berger, l'hirondelle, l'enfant, le bossu au violon, les cloches, l'horloge régulière et rassurante, le cirque et les forains, les vieillards. Ce sont eux qui créeront les liens qui retiennent ensemble les éléments fragiles de cet univers à la fois paisible et menacé, ces « cohérences » éphémères qui pour Regina Ullmann constituent la vérité de ce monde.

Vérité et bonté, ce sont aussi les valeurs essentielles qui sont manifestées parfois par des gestes, des mots ou des regards discrets, presque incompréhensibles, qui sauvent de l'anéantissement la vie de ces personnages fragiles, ou qui parfois réparent des blessures secrètes, jamais vraiment nommées, à peine esquissées comme des souvenirs d'enfance flous et pourtant chargés d'émotion. Mais c'est aussi la beauté des choses qui apparaît comme une grâce. La richesse d'émotions et d'émerveillement qu'apporte aux enfants la *Visite de Noël* est une promesse pour la vie. La narratrice de *La route de campagne* regarde les étoiles dans le ciel nocturne, comme un antidote au récit affreux de l'autre femme qui veut raconter à tout prix ce que la narratrice ne veut pas entendre : le récit d'une ambition banale, ruinée par la honte et l'humiliation, déversant dans la nuit silencieuse un trop-plein d'expériences et d'aventures qui culminent dans son numéro de cabaret, où elle lance des étoiles artificielles dans le public. Car la grâce a son revers, toujours un peu incompréhensible et effrayant, son double maléfique : le clown bossu et ridicule caricature la beauté du numéro équestre qui l'a précédé, et en même temps le luthier bossu à la vie harmonieuse assis parmi les spectateurs. Menace, blessure, le seul recours reste la fuite, parfois, mais toujours le refuge dans le silence et la solitude, maintes fois revendiquée par la narratrice, et par Regina Ullmann elle-même. Mais il arrive aussi que la fuite représente seulement l'irruption de la violence du désir dans une vie inconsciente d'elle-même, de l'invisible qui s'empare alors du cours de l'existence et rend incompréhensible le visible même : tel est le sort du jeune paysan somnambulique de *Une vieille enseigne d'auberge*, le conte que Rilke avait admiré. Ce jeune homme trouvera une mort atroce après avoir quitté un monde où les gens ne parlent pas, pensent à peine, observent des règles immuables mais opaques ; il est amoureux d'une fille très belle mais simple d'esprit, muette, « sans âme » comme l'écrit Regina Ullmann, donc sans aucune relation avec quiconque, ou « sans consistance » comme la mère dans *La fille*. Le lieu d'où part cet étrange récit est une auberge perdue au fond des bois, tenue par une très vieille femme presque aveugle, sourde, et peuplée de rares silhouettes passagères, qui ne laissent que des traces de vie après leur départ. Rilke y avait reconnu le talent particulier de Regina Ullmann pour rendre perceptibles les mouvements imperceptibles de l'âme, sans recherche d'effet, dans une démarche véritablement poétique.

Les personnages dépourvus de perceptions, et donc de sentiments, le vide de l'âme et du cœur, sont chez Regina Ullmann des figures récurrentes. Ainsi le vieillard solitaire, insomniaque (comme la narratrice de *La souris*) qui est incapable même d'allumer un feu dans son poêle tant il est lui-même glacial, qui ne dit pas un mot aux rares personnes qu'il côtoie : son indifférence profonde a entraîné la mort de sa femme, épousée par pur intérêt, et le livrera sans doute à une autre femme, elle aussi intéressée et calculatrice. Mais Regina Ullmann ne porte aucun jugement moral, pas plus que dans ses autres nouvelles, et se contente de montrer ici un univers glacé dominé par l'*acedia*, la sécheresse ou paresse du cœur. C'est cette acédie, contre laquelle se défendent les diverses narratrices, qui va répandre sur tout l'univers de ces récits la profonde tristesse qui en est la marque.

Ce mal n'a certes pas encore atteint les enfants. Ce ne sont d'ailleurs pas n'importe lesquels, mais sans aucun doute les deux petites filles heureuses de Saint-Gall, Regina et sa sœur. Les épisodes relatés ici sont portés par un « nous » indifférencié, et si les êtres et les objets qui peuplent cette enfance sont montrés dans leur objectivité la plus totale, sans aucune distance pourrait-on dire, c'est bien le regard de la femme adulte qu'est devenue Regina Ullman qui se pose sur eux et les interroge. Ils constituent un monde chatoyant, en partie incompréhensible, que les enfants appréhendent avec une avidité immense et innocente. Mais ce monde aussi est menacé, et la nouvelle qui clôt le recueil, *Susanna*, montre avec une justesse bouleversante la manière dont la petite fille fait l'expérience de la mort.

On peut alors se poser la question : la marcheuse de la *Route de Campagne* est-elle cette petite fille qui assiste sans comprendre à ces événements mystérieux que sont la maladie, la mort, les obsèques d'une autre enfant ? Sans doute n'y a-t-il pas vraiment de réponse. Ou plutôt, il faut la chercher dans l'écriture de ces nouvelles. On est frappé d'emblée par l'originalité du style de Regina Ullman, un style personnel et peu séduisant de prime abord. Ce qui le caractérise, c'est surtout une absence de couleur, en quelque sorte, la répétition de formules, parfois d'une nouvelle à l'autre, des constructions déroutantes surgissant au détour de phrases brèves, – bref une écriture minimaliste, abstraite (comme une peinture est dite abstraite, parce que la « figuration » en est absente)… Mais en accumulant ainsi du « presque rien », au risque parfois d'une certaine obscurité, le récit prend une force étonnante, troublante même. C'est un univers poétique qui naît à partir de ces descriptions au rythme lent, à la fois laconiques et riches de détails, ces phrases souvent gauches, à la syntaxe parfois déroutante qui inverse les perspectives, où les choses s'animent et se mêlent à la vie des vivants, faisant entrevoir la mystique d'un monde où Dieu est à la fois présent et absent. Il n'y a guère de naïveté dans ces contes ou ces souvenirs d'enfance, et très peu de spontanéité – mais une écriture poétique imprégnée de toute la mélancolie d'une vie vouée à la solitude, qui trouve là son unité profonde.

Sibylle Muller

Table

La route de campagne
(première partie)
7
La route de campagne
(deuxième partie)
15
La route de campagne
(troisième partie)
25
Une vieille enseigne d'auberge
47
La souris
73
Le vieux
81
Histoire des fraises
97
La montgolfière
109
Visite de Noël
117
Une histoire racontée…
123
Le bossu
131
La fille
145
Susanna
175

Sibylle Muller : « Mais moi je suis la solitude… »
183